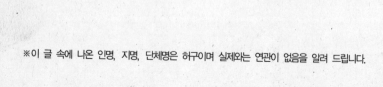

더 샤도우 *The*

날 건드릴 거면…… 네 모든 것을 걸어라!!

SHADOW

2

장웅 현대 판타지 소설

BBULMEDIA FANTASY STORY

뿔미디어

Contents

1장

삼합회

"호오! 한국에 저런 고수가 있을 줄은 몰랐군요."

모두의 시선이 산장 입구를 향했다.

깔끔한 정장을 차려입은 20대 중반의 청년이 호기심 어린 표정으로 선욱을 쳐다보고 있었다.

그를 마주 보는 선욱의 안색이 가볍게 굳어지는가 싶더니 이해할 수 없는 말이 흘러나왔다.

"엑스퍼트로군……."

그랬다.

고수가 나타난 것이다.

고수가 천천히 선욱을 향해 걸어왔다.

진득한 기운이 그의 몸에서 일어나 선욱의 몸과 마음을

죄어 온다.

선욱이 마나를 일으켜 거기에 대응했다.

순간 두 사람 사이에서 불꽃이 일어나는 듯한 기세 싸움이 벌어졌다.

주위에 있는 사람들은 알 수 없었지만, 선욱과 그는 진검을 들고 겨루는 것이나 다름없는 치열한 싸움을 하고 있었다.

그가 선욱의 5미터 전방에 멈추었다.

그때까지 두 사람의 시선은 단 한 순간도 서로에게서 떨어진 적이 없었다.

일촉즉발의 위태로운 상황은 다행히 중국에서 온 사내가 먼저 기세를 거둠으로써 끝났다.

"어느 가문의 후손이십니까?"

어눌한 말투에 정확하지 않은 발음이었지만, 그가 중국인임을 감안하면 한국어 실력이 상당히 뛰어나다고 할 만했다.

선욱은 그의 질문이 의미하는 게 무엇인지 알 수 없었다.

'가문이라고? 혹시……'

선욱은 선무도관의 주인인 조종학을 떠올렸다.

그도 자신을 처음 보았을 때 어느 비가 출신인지 물었었다.

그때는 자신과 아무 상관이 없어 별로 신경을 쓰지 않았지만 중국 고수의 질문을 받게 되자 확연히 알 수 있었다.

대한민국에 마나 수련법이 전해 내려오는 비밀스러운 가문들이 있다면, 다른 나라들 또한 그러지 말라는 법이 없었다.

그리고 그들은 서로의 존재에 대해 알고 있을 가능성이 높았다. 그러니 선욱에게 이런 질문을 하는 것일 게다.

선욱이 대답했다.

"일산 강씨입니다."

중국 고수가 고개를 갸웃거렸다.

"일산 강씨? 처음 듣는 가문이군요."

"당신도 기공을 수련했군요."

"저는 산서 연가의 후손입니다."

산서 연가라는 가문이 어떤 곳인지 선욱이 알 리가 없다.

선욱이 아무 말도 하지 않자 그가 미간을 살짝 찌푸리더니 중얼거리듯 말했다.

"우리 가문을 모르는 걸 보니 당신은 은둔가의 후손인 모양이군요."

"은둔가?"

"알려지지 않은 가문의 사람들을 그렇게 부르죠. 어쨌

든…… 우리 아이들을 아주 떡으로 만들어 놓았군요."

"먼저 덤빈 건 그들입니다."

"저도 이렇게 만들 자신이 있습니까?"

선욱이 가볍게 코웃음을 쳤다.

"그 질문에 대한 답을 알 수 있는 쉬운 방법이 있습니다. 직접 한 번 겪어 보는 거지요."

중국 고수가 한동안 조용히 선욱을 쳐다보더니 입을 열었다.

"오늘 이 자리에서는 그럴 수 없겠군요. 좋습니다, 정 선생."

그가 정유성을 향해 고개를 돌렸다.

"정 선생이 이런 분과 인연을 맺고 있는 줄은 몰랐습니다."

정유성은 그가 무슨 말을 하는 건지 이해할 수 없어 의아한 표정만 지었다.

"그럼 두 분 함께 들어오십시오. 실장님께서 기다리고 계십니다."

정유성이 얼떨결에 대답했다.

"아, 알겠습니다. 선욱아, 들어가자."

중국 고수는 쓰러져 있는 경호원들의 몸 어딘가를 툭툭 건드렸다. 그러자 경호원들이 신음성과 함께 몸을 일으켰다.

중국 고수가 그들을 향해 뭐라 말을 하자 경호원들은 고통을 참고 재빨리 일어나 자세를 갖추었다.

중국 고수는 곧바로 산장 안으로 들어갔고, 정유성과 선욱이 뒤를 따랐다.

정유성이 선욱의 귀에다 대고 낮은 목소리로 말했다.

"서, 선욱아, 나 놀라서 죽는 줄 알았다."

"대한민국을 대표하는 배우이신 형님이 이만한 일로 당황해서야 되겠습니까?"

"험험. 그, 그래. 알겠다. 한데, 도대체 어떻게 된 거야? 가문이라니?"

"저도 모르는 말입니다. 그가 묻기에 그냥 대답해 줬을 뿐입니다."

"음. 일단 들어가자. 어쨌든 네가 그렇게 놀라운 실력을 지녔을 줄은 정말 몰랐다. 대단해."

선욱이 희미한 미소를 지어 주었다.

산장 안.

마치 70년대 한국 영화에서나 나올 법한 분위기였다.

작은 물레방아가 벽 한쪽 구석에서 돌아갔다. 어둠침침한 조명에 돌담으로 자리마다 칸이 지어져 있다.

선욱과 정유성은 중국 고수를 따라 창가 넓은 자리로 갔다.

그곳에는 양복을 입은 두 명의 사내들이 앉아 있었는

데, 모두 50대 초, 중반으로 보이는 중년인들이었다.

선욱은 그들이 창을 통해 조금 전에 자신이 벌였던 일대 활극을 모두 지켜보았다는 사실을 알았다.

정유성이 좌측에 앉아 있는 회색 양복의 중년인을 향해 머리를 살짝 숙였다.

"안녕하셨습니까, 신 사장님."

대영 엔터테인먼트의 사장이자 한국 영화계를 좌지우지하는 신세경 사장이 바로 그였다.

중후한 인상에 제법 위엄이 느껴지는 얼굴이었는데, 선욱은 그의 표정에서 탐욕을 읽을 수 있었다.

"정유성 씨, 오랜만이오. 한데, 밖에서 소란을 벌였더군."

"사소한 오해가 있었던 모양입니다. 죄송하게 되었습니다."

"크험! 중국에서 귀한 손님을 모셔 왔는데 그런 모습을 보이다니……."

그는 선욱이 일으킨 소란이 못내 마음에 들지 않는 모양이다.

신 사장이 선욱을 향해 시선을 돌렸다.

"처음 보는 사람이군. 유성 씨 경호원인가?"

"아닙니다. 제 의동생입니다."

"의동생이라고?"

"그렇습니다."

"사람이 나설 장소와 때를 가려야지……. 좀 경망스럽군."

선욱이 들으라고 한 말이었지만 선욱은 무표정하게 서 있을 뿐이다.

"인사 올리게. 이쪽은 중국 삼영 미디어 소속의 원두호 기획실장님이네."

정유성이 그를 향해 머리를 살짝 숙였다.

"니 하오마."

몇 마디의 중국어가 오간 후, 모두 자리에 앉았다.

하지만 선욱과 중국 고수는 그들과 함께 앉지 않고, 한 칸 떨어진 옆자리에 따로 앉았다.

곧이어 음식이 나오고 화기애애한 분위기가 이어졌다.

선욱은 그들의 대화가 모두 들렸지만 무슨 소리를 하는지는 알 수 없었다. 대화가 모두 중국어로 이루어졌기 때문이다.

산서 연가의 후손이라고 스스로를 소개했던 중국 고수가 선욱을 향해 입을 열었다.

"아까 보니 생소한 류파의 무술을 쓰시더군요."

"내겐 특별한 류파는 없습니다. 그냥 여기저기서 배워 익힌 것뿐입니다."

"그건 믿기 어렵군요. 간결한 동작만으로 우리 아이들

을 제압하는 기술은 아무 곳에서나 배우기 어려울 텐데요?"

"믿지 않으신다면 어쩔 수 없죠. 하지만 전 류파나 가문과는 관계가 없는 사람입니다."

"흠. 과연 은둔가의 후손답군요. 알겠습니다. 더 이상 묻지 않겠습니다. 앞으로 우리들과 자주 만나게 될 텐데, 이제 모든 오해를 풀고 한 가족처럼 지내도록 하죠."

그가 손을 내밀었다.

선욱이 그의 손을 잡고 악수를 나누었다.

하지만 선욱은 삼합회 조직원 따위와 한 가족처럼 지내고 싶은 마음이 전혀 없었다.

아마 조금 후에 본격적인 일 이야기가 나오고 정유성이 그들의 제안을 거절하면 그와는 한 가족이 아니라 거의 원수로 돌변하게 될지도 모를 일이다.

선욱은 중국 고수를 차분히 살폈다.

작은 몸짓에, 그리고 말 한 마디에서도 마나의 기운이 느껴진다. 마나를 배워도 제대로 배운 자다. 더구나 그가 품고 있는 마나의 기운은 순수하고 깊다.

'이해할 수 없는 일이군. 선무도관의 영감도 그렇고, 어떻게 이처럼 기가 희박한 세상에서 저렇게 순수하고 많은 마나를 모을 수 있었을까? 혹시 이 세상의 마나 수련법이 내가 살던 곳보다 훨씬 우수하단 말인가?'

선욱의 의문점을 풀어 주는 해답은 이것밖에 없었다.

'선무도관의 영감에게 한번 물어봐야겠군.'

마나 수련법은 비전이다. 특별한 관계가 아니면 절대로 가르쳐 주지 않는다. 물론 그건 이 세상에서도 마찬가지일 것임을 선욱은 잘 안다. 그래도 대략적인 것에 대해서는 들을 수 있을 것이라 생각했다.

선욱이 이런 상념에 빠져 있을 때, 갑자기 옆자리에서 큰 소리가 들렸다.

중국어라 무슨 말인지 알아들을 수는 없지만 의미만큼은 이해할 수 있다.

대영 엔터테인먼트의 신세경 사장이 불같이 화를 내고, 중국에서 온 삼영 미디어 기획실장이 굳은 표정을 짓고 있는 것만 보아도 알 수 있는 일이다.

"이해할 수 없군. 제의를 거절하다니."

중국 고수의 눈빛이 차가워졌다.

그가 선욱을 쳐다보더니 말했다.

"당신을 믿고 저러는 건가?"

"본인의 뜻이겠지."

"후회할 짓을 하는군."

"그것도 본인이 판단하겠지."

중국 고수가 날카로운 눈빛으로 선욱을 쳐다보았다.

선욱은 담담한 표정으로 그의 눈빛을 받아넘겼다.

"유성아, 너 정말 이럴 거냐?"

"죄송합니다, 사장님. 스케줄이 맞지 않으니 저로서도 도리가 없군요."

"너……."

신세경 회장이 벌떡 일어나더니 정유성을 노려보았다.

"그러고도 이 바닥에서 버틸 수 있을 것 같나? 인기 떨어지는 거 한순간이야."

"언제까지나 대중들만 바라보고 살 수는 없지 않겠습니까? 더 이상 인기에 연연하기 싫습니다."

"뭐? 네가 정말……."

"죄송합니다. 하지만 제 뜻은 확고합니다."

"너, 분명히 후회할 것이다. 나중에 날 찾아와서 매달려도 소용없어."

"그럴 일은 없을 겁니다."

"그래? 어디 두고 보자."

신세경 회장이 난감한 표정으로 삼영 미디어의 원 실장에게 뭐라고 말했다.

원 실장이 아무 말 없이 자리에서 일어나 밖으로 나가자 신세경 회장이 그의 이름을 부르면서 따라갔다.

정유성은 속이 시원하다는 듯 긴 한숨을 내쉬더니 몸을 일으켰다.

"선욱아, 그만 가자."

"예, 형님."

그때, 산서 연가 출신의 중국 고수가 선욱의 앞을 막아섰다.

"잠깐."

"무슨 일이오?"

"한 식구가 되었다면 그냥 넘어갈 수 있는 일이지만 이렇게 어긋난 이상 빚은 받아야겠군."

선욱이 고개를 갸웃거리다가 '아!' 하는 표정을 지었다.

"설마 우리 회의 사람을 건드려 놓고 그냥 갈 생각은 아니겠지?"

"'회'라면 삼합회 말인가?"

"알고 있으리라 생각했다."

"뭘 원하나? 병원비라도 물어 줄까?"

"우리가 돈이 필요한 사람들 같나?"

"후후후, 그렇지 않아도 궁금했다. 당신의 실력이 얼마나 대단한지 말이야."

중국 고수가 하얗게 웃었다.

둘 사이에서 오간 대화를 들은 정유성이 놀란 표정을 지었다.

"도대체 왜 그래? 그만둬. 이것 보시오. 이게 무슨 짓이오?"

선욱이 당황한 정유성을 안심시켰다.

"걱정 마십시오, 형님. 제가 알아서 처리하겠습니다."

"하지만 선욱아, 저 사람은 무술 고수다. 나이는 많지 않지만 삼합회의 중간 간부급이라고 원 실장이 말했다."

"어차피 저 사람을 누르지 않고 제가 이곳을 벗어나지는 못할 겁니다."

"선욱아, 나 때문에……."

"어차피 각오하고 온 일입니다."

"각오했다고……?"

선욱이 희미한 미소를 지어 보이더니 중국 고수에게 말했다.

"나가서 해결하지. 이곳은 좁으니."

선욱이 앞장서서 나가자 중국 고수가 그 뒤를 따랐다.

정유성은 핸드폰을 꺼내 들고 망설였다. 경찰에게 전화라도 해야 할지 고민되었던 것이다.

'외진 곳이니 경찰이 올 때쯤이면 이미 상황은 끝나고 말겠지. 설사 지금 당장 온다고 해도 공권력으로 해결할 수 없을 것이다.'

삼합회가 지닌 힘은 강하다. 중국에서는 공권력에 버금가는 힘을 지녔다.

대영 엔터테인먼트의 신세경 사장도 정, 재계에 영향력을 지니고 있다. 그가 있는 이상 경찰은 힘을 쓸 수 없다.

결국 선욱 스스로의 힘으로 이 난관을 헤쳐 나갈 수밖에 없다.

'선욱이가 잘못된다면 모두 내 탓이다. 아! 그냥 혼자 오는 건데……'

정유성이 굳은 표정으로 밖으로 나갔다.

하지만 선욱과 중국 고수의 모습은 보이지 않았다.

경호원들 중 한 명에게 물어보니 산장 뒤쪽의 주차장으로 갔다고 했다. 그리고 아무도 그곳으로 접근하지 못한다고 말했다.

"무슨 소립니까? 나는 봐야겠습니다."

정유성이 뒷마당으로 가려고 했지만, 경호원들이 막아섰다.

"죄송하지만 갈 수 없습니다. 물러서십시오."

경호원들이 기세등등하게 나오자 정유성은 결국 선욱이 싸우는 곳으로 가지 못했다.

이제 그가 할 수 있는 일은 하늘에 기도를 하는 것밖에 없었다.

선욱은 중국 고수와 5미터 간격을 두고 마주 섰다.

서늘하고 끈적끈적한 기세가 중국 고수의 몸에서 흘러나온다.

선욱은 묘하게 흥분되는 자신을 발견했다.

'후후후, 이런 상황에서도 흥분되는 걸 보니 나는 천생 전사인 모양이군.'

웃음을 머금은 선욱의 모습에 중국 고수가 미간을 찌푸렸다.

"지금 상황에 웃음이 나오나?"

"즐거우니까."

"싸움이 즐겁다? 뼈마디가 으스러져도 그런 소리가 나올 수 있을까?"

"후후후, 내장이 삐져나온 채 열 명의 엑스퍼트를 상대로 싸운 적도 있지. 이건 아무것도 아냐."

"엑스퍼트? 그게 무슨 소리냐?"

"그런 게 있어. 한데, 뭘 기다리고 있나? 내가 먼저 갈까?"

"놈! 가만두지 않겠다!"

그가 중국말로 뭐라 외치더니 곧바로 선욱을 향해 달려들었다.

가볍게 땅을 박차고 달려오는 그의 모습이 경쾌하다.

꽉 거머쥔 그의 주먹에서 강한 힘이 느껴진다.

부릅뜬 두 눈에서는 강렬한 기세가 불타오르고 있다.

한순간이라도 방심한다면 상대의 주먹은 정말 자신의 살을 찢고 뼈를 부수고 말리라.

선욱도 주먹을 불끈 쥐었다.

아랫배의 마나홀에서 일어난 기운이 온몸을 후끈 달군다.

선욱의 눈빛이 더할 나위 없이 차가워졌다.

'몸은 뜨겁게, 하지만 머리는 차갑게.'

전생의 지욘프리드가 적과 마주 싸울 때 가졌던 마음이 항상 이랬다. 덕분에 그는 아무리 위급한 상황에서도 냉철하게 판단하고 행동했고, 결국 적을 무찌르고 살아남을 수 있었던 것이다.

슈악!

공기가 갈라지는 서늘한 소리와 함께 상대의 주먹이 빛살처럼 날아들었다.

평범한 사람은 결코 휘두를 수 없는 빠르고 강한 주먹이다.

선욱이 두 다리에 마나를 싣고 측면으로 움직였다.

핏!

날카로운 소리와 함께 그의 주먹이 선욱의 어깨를 스쳤다.

순간, 선욱이 입고 있던 양복의 어깨 부위가 칼에 베인 듯 찢겼다.

사람의 주먹에 스친 것이라고는 도저히 믿을 수 없다.

그의 주먹이 또다시 날아들었다.

상식적으로 도저히 불가능한 각도였다.

선욱이 머리를 살짝 숙였다.

주먹이 선욱의 머리를 스치더니 머리카락 몇 가닥이 잘려 날아갔다.

위잉!

무시무시한 소리와 함께 이번에는 다리가 날아왔다.

누가 뒤에서 잡아당기기라도 한 것처럼 선욱의 몸이 밀렸다.

단단한 굽이 달린 구두가 선욱의 코앞을 스쳤다.

선욱이 움직임을 멈췄다.

중국 고수가 가벼운 심호흡을 하더니 말했다.

"제법이군."

"그게 단가?"

"뭐?"

"그게 네가 가진 전부라면 내게 이길 수 없다는 말이다."

중국 고수가 이빨을 갈더니 두 팔과 다리를 이리저리 움직였다.

그의 움직임에 따라 공기가 갈라지는 무시무시한 소리가 들렸다. 마치 중국 무협영화의 한 장면을 보는 듯하다.

중국 고수가 땅을 박차고 선욱을 향해 몸을 날렸다.

다음 순간 폭풍 같은 공격이 시작되었다.

그의 주먹과 다리가 흉기로 돌변해 선욱의 온몸을 부술

듯 밀려들었다.

선욱은 차가운 눈빛을 유지한 채 그의 공격을 아슬아슬하게 피하거나 막아 냈다.

'확실히 마나 능력은 지금의 나보다 위군. 체술 또한 상당히 훌륭하다. 하지만 놈은 아직 그걸 제대로 체득하지 못했군.'

중국 고수의 공격이 한참을 몰아쳤다.

선욱이 어느 순간 수세에서 공세로 돌변했다.

양손에 마나를 모았다가 중국 고수의 주먹 사이를 파고들어 가슴과 배에 각각 일권을 먹였다.

퍼벅! 퍽!

둔중한 소리와 함께 중국 고수의 몸이 뒤로 튕겨나갔다.

우당탕!

땅바닥에 요란한 소리를 내며 쓰러진 그가 온몸을 부르르 떨었다.

"크으으!"

쥐어짜는 듯한 신음 소리가 핏물과 함께 입에서 흘러나온다.

"이, 이럴 수가……."

"일어나라. 그 정도로 죽지 않는다."

중국 고수는 이를 악무는 표정으로 몸을 일으켰다.

하지만 그는 다시 선욱에게 덤비지 못했다.

가슴과 배가 찢어질 듯 아팠고, 하늘이 빙빙 도는 듯하다.

"그, 그건 어느 류파의 무술이냐?"

"류파 따위는 없다. 그냥 가라."

"으으……."

"원한에 사무치는 표정이군. 그럼 이걸 명심해. 언제든 복수하고 싶다면 나를 찾아와라. 하지만 그때는 목숨을 걸어야 할 거다."

"며, 명심하지. 크윽!"

그가 한쪽 무릎을 꿇었다가 피를 토했다.

선욱이 잠시 그를 쳐다보다가 걸음을 옮겼다.

산장 앞마당에 선욱이 나타나자 모두들 경악한 표정을 지었다.

특히 중국 경호원들은 믿을 수 없다는 기색이 역력한 표정을 지었다.

삼영 미디어의 원 실장이 차에서 내리더니 뭐라고 외쳤다.

그러자 경호원들이 뒷마당으로 뛰어가더니 중국 고수를 부축해서 왔다.

그들은 자신들의 차량에 재빨리 타더니 곧바로 그곳을 떠났다.

"선욱아! 괜찮아?"

정유성이 선욱에게 달려가 그의 팔을 잡았다.

"괜찮습니다, 형님."

"어떻게 된 거야?"

"그와 겨루었고, 제가 이겼습니다."

"그, 그래? 정말 다행이다."

그때, 근처에 있는 고급 승용차의 차창이 내려가더니 신세경 회장의 목소리가 들렸다.

"정유성, 방금 무슨 짓을 저질렀는지 아나?"

정유성이 굳은 표정으로 그를 쳐다보았다.

"제 일은 제가 책임집니다."

"후후후, 후회하지나 마라."

차창이 다시 올라가더니 경호원들과 함께 그도 떠났다.

이제 산장의 앞마당에는 선욱과 정유성, 두 명만 남았다.

선욱이 멀어져 가는 승용차들을 쳐다보며 정유성에게 말했다.

"괜찮겠습니까?"

"물론. 신 회장은 집요한 인물이야. 그리고 당한 걸 몇 배로 갚아 주지 않고는 잠을 자지 못하는 사람이다. 아마 오늘 일을 뼈에 새기겠지."

"그의 영향력이 아무리 막강하다 해도 형님을 함부로

하지는 못할 겁니다."

"상관없어. 난 이제 내가 하고 싶은 대로 하면서 살 거다. 인기 따위에 연연하지 않아."

선욱이 정유성을 쳐다보더니 고개를 끄덕였다.

"남자라면 그렇게 사는 게 맞습니다."

"그래. 이제 나도 깨달았다. 그건 모두 네 덕분이다."

"형님 스스로 깨달은 겁니다."

"뭐, 어쨌든 상관없어. 그래도 속이 다 시원하다. 신세경 회장에게 한 방 먹일 수 있어서 말이야. 하하하."

"그가 싫었던 모양이군요."

"사실 싫은 정도가 아냐. 그는 구역질 나는 인간이지. 연예인 마약, 성 상납…… 이 모든 사건들 뒤에는 그가 있어. 연예계에서는 이미 알 만한 사람은 다 알지."

"그런 자가 어떻게 연예계를 장악하고 있습니까?"

"정, 재계에 인맥이 강해. 돈도 많고."

"음! 그런 자들은 어딜 가나 존재하는군요."

"기생충 같은 자들이지. 자, 그럼 우리도 돌아가자."

"오늘 같은 날은 한잔 해야 하지 않습니까?"

"한잔 하자고? 정말이야?"

"왜 그렇게 놀라십니까?"

"네 입에서 한잔 하자는 말이 나온 건 처음이야. 알아?"

"알고 있습니다. 그리고 저 술 잘 마십니다."

"그래. 너 잘났다."

두 사람은 승용차를 타고 그곳을 떠났다.

승용차를 타고 오면서 선욱은 생각에 잠겼다.

중국 고수가 보여 주었던 움직임과 마나를 사용하는 방법이 생각보다 무척 훌륭했던 것이다.

'그가 사용했던 체술은 내가 살던 세상에서도 보기 드물 만큼 훌륭했다. 만약 그가 체술을 제대로 체득했다면, 그리고 지니고 있는 마나가 조금 더 많았다면 지금의 나로서는 쉽게 이기지 못했을 것이다. 이 세상의 마나 수련법과 무술에 대해 좀 더 알 필요가 있어.'

선욱은 자신의 의문을 풀어 줄 만한 곳은 선무도관밖에 없음을 알았다.

'그래. 조만간 그곳을 다시 찾아가야겠군.'

선욱이 가볍게 한숨을 내쉬며 차창 밖으로 시선을 돌렸다.

✠　✠　✠

꽝꽝꽝!

이른 아침부터 문을 두드리는 요란한 소리가 들렸다.

초인종은 누르라고 있는 거야, 이 바보야.

명상에 잠겨 있던 선욱은 이런 생각을 하면서 눈을 떴다.

그가 문을 열자 삼십 대 중반의 사내 한 명이 뛰어 들어왔다.

"유성아!"

그가 다짜고짜 고함을 질렀다.

얼굴이 붉게 상기된 것으로 보아 보통 화가 난 게 아니다.

"형님은 주무시고 있습니다."

"깨워!"

선욱의 미간이 찌푸려졌다.

지금 자신에게 명령조로 말하는 이 사람은 정유성의 매니저다. 그리고 그와 형, 동생을 하는 사이이기도 하다.

선욱이 그의 팔을 잡았다.

"아! 이, 이거 못 놔?"

"조용히 하십시오. 어제 과음을 해서 깊이 잠들었습니다. 깨우지 마십시오."

선욱의 차가운 눈빛을 본 그가 그제야 숨을 몰아쉬며 목소리를 낮췄다.

"미, 미안. 하지만 그 녀석이 말도 안 되는 짓을 저질러서 말이야."

"듣기 거북하군요. 언제부터 우리가 말을 트고 지냈습

니까?"

"응? 아, 아……닙니다. 죄송하게 되었습니다."

선욱이 그제야 그의 손을 놓아주었다.

매니저는 은은한 통증이 느껴지는 자신의 손목을 쓰다듬으며 선욱을 힐끗 쳐다보았다.

항상 정유성 곁에 찰싹 달라붙어 있는 그가 항상 마음에 들지 않았다. 영화 대역을 맡았다는 핑계로 인기 배우 곁에 붙어서 유명세를 타겠다는 수작이 분명하니 말이다.

거기에 대해 언젠가 한 마디 해야겠다고 작정을 하고 있었지만 한 번도 그러지 못했다.

선욱의 눈빛 때문이다.

무슨 이유에선지 그와 마주치기만 하면 말이 제대로 나오지 않았다. 주눅이 드는 것이다.

"새벽부터 무슨 일입니까?"

"어젯밤에 신세경 회장을 만나지 않았습니까?"

"저도 함께 만났습니다."

"그럼 왜 말리지 않았습니까?"

"무슨 말입니까?"

"한중합작영화 주연배우 제안을 거절했다고 들었습니다. 도대체 그게 말이 됩니까? 미치지 않고서야……."

"형님이 고심 끝에 내린 결정입니다."

매니저가 황당하다는 표정으로 선욱을 쳐다보더니 고개

를 절레절레 흔들었다. 말이 통하지 않으니 답답해 죽겠다는 표정이다.

"일단 유성이부터 깨워야……."

"여덟 시까지 깨우지 마십시오. 오늘 먼 길 가야 합니다."

"먼 길이라니요? 그런 스케줄은 없는데……."

"고향 어머니 집에 갈 겁니다."

"뭐?"

그가 소파에서 벌떡 일어났다가 선욱의 눈빛을 보고는 슬그머니 앉았다.

"뭐라고 했습니까?"

"어머니를 모셔 올 작정입니다."

매니저가 '하!' 하는 소리를 내더니 소파 등받이에 몸을 파묻었다. 그러고는 고개를 절레절레 흔들더니 믿을 수 없다는 표정을 지었다.

"완전히 제정신이 아니군……."

"고향에 계신 어머니를 모셔 오겠다는 생각은 극히 정상적인 정신을 가진 사람이라면 누구나 해야 하는 것 아닙니까?"

"보통 사람에게나 그렇지요. 그는 배웁니다. 그것도 인기 절정에 있는 최고 배우란 말입니다."

"어머니의 존재가 인기에 거슬린다면 차라리 배우를 포

기해야 하는 거 아닙니까?"

"뭐요?"

매니저는 선욱을 잠시 쳐다보더니 어처구니가 없다는 표정을 지었다. 도저히 말이 통하지 않는다는 기색이 역력하다.

하지만 선욱은 그런 매니저가 오히려 이해가 되지 않았다.

매니저는 소파에 앉아 8시가 될 때까지 꼼짝없이 기다렸다.

그는 시계만 쳐다보고 있다가 정각 8시가 되자 부리나케 정유성의 방으로 뛰어 들어갔다.

"유성아! 일어나?"

"으음! 뭐야? 벌써 아침인가?"

"너 제정신이냐?"

"형? 무슨 일이야, 아침부터?"

"도대체 왜 그랬어?"

"뭘?"

"어제 신세경 회장 만났지? 그런데 왜 영화 제안 거절했냐고! 너 미쳤냐? 회사에서 그 배역 따려고 얼마나 공들인 줄 알아?"

"중국의 삼영 미디어가 어떤 곳인지 몰라서 그래?"

"그게 무슨 상관이야! 합작영화라고! 제작비가 얼만지

나 알아? 자그마치 삼백 억이다!"

"어쨌든 거절했어. 더 이상 그 이야기는 꺼내지 마."

매니저가 안색을 굳히더니 낮은 목소리로 말했다.

"유성아, 너 이 바닥 뜨고 싶나?"

"……."

"신 회장의 제의를 거절하고도 이 바닥에서 살아남을 수 있을 것 같아?"

"훗! 떠날 때가 오면 떠나야지. 더 이상 신경 안 쓰기로 했어."

"너 도대체……."

그가 고개를 절레절레 흔들더니 다시 말했다.

"오늘 어머니 모셔 온다면서?"

"선욱이가 말했어?"

"그래."

"맞아. 오늘 모셔 올 거야."

"너 미쳤냐? 연예부 기자들이 그 사실을 모를 것 같아? 그들에게 어머니가 노출되면 이미지에 얼마나 큰 타격을 받을지 몰라서 하는 소리야?"

"형! 그만해."

"뭐? 뭘 그만해? 널 이렇게까지 키운 게……."

"알아. 형의 힘이 컸다는 거. 하지만 이제 좀 놔줘. 내가 하고 싶은 걸 하게."

"유성아! 정신 차려. 그리고 신 회장을 찾아가서 무릎 꿇고 빌어. 이 바닥에서 살아남으려면 그 길밖에 없어."

"그렇게는 하지 않을 거야."

"유성아! 정말······."

매니저가 잠시 정유성을 쳐다보았다.

굳은 정유성의 표정을 보고 그의 뜻이 확고하다는 사실을 매니저는 깨달았다.

"너······. 정말 그렇게 살 작정이구나."

"그래."

"도대체 누가 널 이렇게 만들었지? 함께 있던 그 선욱이라는 애야?"

"아니. 나 스스로 결정한 거야."

"휴우! 어쩔 수 없지. 화약을 짊어지고 불속에 뛰어 들어가겠다는 사람을 누가 말리겠어? 네 마음대로 해라. 대신 이건 알아 둬. 회사와 너의 관계, 예전 같지는 않을 거다."

"각오하고 있어."

"그럼 난 간다."

매니저는 신경질적으로 문을 닫고는 아파트를 나갔다.

2장

어머니 모시기 작전

부우웅!

최고급 외제 대형 세단 한 대가 고속도로를 질주하고
있다.

조수석에는 정유성이 탔고, 선욱이 직접 운전을 했다.

정유성이 다른 사람에게 알리기 싫다며 소속사 운전기
사를 두고 둘이서만 가자고 했기 때문에, 선욱이 직접 차
를 운전하게 된 것이다.

선욱이 이런 고급 차를 직접 모는 건 처음이었다. 그가
몰았던 차는 아버지가 몰고 다니는 허름한 준중형차뿐이
었다.

처음에는 차가 너무 커서 모는 게 버거웠다. 하지만 어

느 정도 시간이 흐르자 차츰 적응되었고, 이제는 제 차를 몰듯 편해졌다.

'과연 고급 차가 좋긴 좋군.'

시속 100km가 넘는 속도로 달렸지만 바람 소리 하나 새어 들어오지 않고, 엔진은 시동을 켰는지조차 모를 정도로 정숙하다. 은은하게 들리는 음악 소리는 바로 눈앞에서 생음악을 듣는 것처럼 현실감 있게 다가온다.

"선욱아, 차 좋아?"

"훌륭합니다. 이렇게 좋은 차는 처음 몰아 봅니다."

"이 차 너 줄까?"

"예?"

"네가 가지라고. 이 차."

선욱이 고개를 절레절레 흔들었다.

"기름 값 대기도 벅찹니다."

"그럼 작은 차 한 대 사 줄까?"

"집에 아버지 차 있습니다. 그리고 전 승용차 타는 거 별로 안 좋아합니다."

"타 보면 다를 텐데? 나중에는 근처 슈퍼에 라면 사러 갈 때도 차를 끌고 가게 된다니까."

"튼튼한 두 다리를 모욕하는 짓입니다."

"그래도 필요할 때가 있을 거야."

"됐습니다."

"음. 그럼 이렇게 하자. 내가 가지고 있는 차들 키를 하나씩 줄 테니까 네 차인 것처럼 필요할 때마다 써."

"그럴 일 없을 겁니다."

"그건 네 생각이고."

"그래도 싫습니다."

"가족이라면서."

"예?"

"가족 간에 네 차, 내 차가 어디 있어? 안 그래?"

"그건……."

"내 말 틀렸냐?"

"……."

"이 형, 돈 좀 있다. 아니, 많아. 사람들이 괜히 연예인 되고 인기 얻으려고 목매는 줄 알아? 물론 연예인이라고 해서 큰돈을 펑펑 버는 건 아냐. 하지만 인기 연예인이 되면 목돈을 만질 수 있어. 그리고 그 목돈으로 여기저기 투자를 하거든? 그럼 예상외의 큰돈을 벌 수 있지."

"형님도 그렇게 돈을 버셨습니까?"

"그래. 난 주로 부동산에 투자했다. 그래서 지금 내 소유로 되어 있는 건물만 다섯 채다. 그중에는 서울 노른자위 땅에 있는 상가 빌딩도 있어."

"부자 형님 둬서 너무 기쁩니다. 목이 멜 정도로 말입니다."

말은 이렇게 했지만 선욱의 표정은 무덤덤하기만 했다.

"너 비꼬는 거냐?"

"아닙니다. 하지만 별로 부럽지는 않습니다."

"휴! 대한민국 남자치고 날 부러워하지 않는 사람은 재벌가 이세들뿐일 걸?"

"그중에 저도 끼워 주십시오."

"도대체 너란 녀석은 이해할 수가 없단 말이야. 혹시 네 전생은 황금 보기를 돌같이 하라던 최영 장군 아냐?"

전생이라는 말에 선욱은 순간 흠칫했지만 실소를 흘렸다.

"비슷하게 맞추긴 하셨습니다."

"아니면, 계룡산에서 도 닦다가 왔냐?"

"계룡산 근처에도 가 본 적이 없습니다."

"그런데 어떻게 세상에 부러운 게 없어? 물론, 그런 점 때문에 내가 널 좋아하는 것이긴 하지만."

"저는 돈과 명예, 인기 같은 것들이 사람을 행복하게 만들어 주지 못한다는 사실만큼은 분명히 압니다."

"호오! 도인 맞네. 그럼 행복하게 만들어 주는 건 뭐야?"

"저도 그게 궁금해서 고민을 많이 했습니다."

"그래서?"

"가족들과 둘러앉아 밥을 먹다가 문득 알게 되었습니다. 세상에서 가장 편안하고 즐거운 시간이 그때라는 사실을 말입니다."

"그 말은 결국…… 가족이라는 뜻이군."

"바로 그렇습니다. 화목한 가정에 사는 것. 돈이 많고 적음을 떠나서 화목한 가정에서 산다는 자체가 세상에서 가장 행복한 겁니다."

정유성이 천천히 고개를 끄덕였다.

"맞아. 네 말이 절대적으로 옳다. 그런데 난 왜 그 생각을 미리 하지 못했는지 모르겠어. 휴우!"

그가 차창 밖으로 고개를 돌리더니 침울한 표정을 지었다.

아마도 지금 찾아가고 있는 어머니를 생각하는 것이리라.

"조금만 기다리십시오. 형님도 그렇게 살게 될 겁니다."

"그래. 정말 나도 그랬으면 좋겠다."

두 사람을 태운 차는 3시간을 더 달렸고, 마침내 목적지에 도착했다.

경상북도 경주.

천년의 고도라는 경주가 바로 정유성의 고향이었는데,

경주에서 원자력 발전소로 유명한 감포로 가는 길 중간에 어일이라는 곳이 있다. 그곳은 예로부터 정씨들이 모여 사는 집성촌이었다.

지금은 많이 발전해서 번듯한 도로가 놓여 있었지만, 불과 20여 년 전까지만 해도 비포장도로를 통해서만 들어갈 정도로 외진 곳이었다.

선욱과 정유성을 태운 승용차는 어일에서도 산으로 한참을 들어가 번듯하게 지어진 전원주택 앞에 멈추었다.

아담한 크기의 전원주택은 누가 보더라도 한 번 살아 보고 싶은 충동이 들 정도로 잘 지어졌다.

눈앞이 탁 틔어 멀리 평야가 보이고, 뒤로는 울창한 숲이 병풍처럼 감싸고 있다.

선욱은 자신도 언젠가 이런 곳에서 살아 보고 싶다는 생각을 했다.

"들어가자."

선욱은 정유성과 함께 대문을 열고 들어갔다.

작은 텃밭이 마당에 있었고, 소박하게 차려입은 시골 아낙 한 명이 밭을 일구고 있었다.

정유성이 그녀에게 다가갔다.

이미 차가 도착할 때부터 알고 있었을 게 분명했지만, 그녀는 고개도 돌리지 않고 여전히 밭을 일구는 데에만

골몰해 있다.

"어머니."

그녀는 뒤도 돌아보지 않고 대답했다.

"왜 또 왔어? 어서 돌아가."

"오랜만에 찾아온 아들을 문전박대하시는 겁니까?"

"너는 큰일을 하는 사람이다. 자꾸 찾아오는 게 싫구나."

정유성이 그녀의 등 뒤까지 다가가더니 뒤에서 껴안았다.

"어머니……."

아낙이 흠칫하더니 호미질을 멈추었다.

하지만 그녀가 쥐고 있던 호미가 파르르 떨리는 것으로 보아 격동하고 있는 게 분명했다.

"왜 안 하던 짓을 하는 거야?"

"보고 싶었습니다, 어머니."

"그, 그냥 돌아가. 이 엄마는 네가 건강히 잘 살고 있다는 사실을 아는 것만으로 행복하다."

"어머니는 행복하실지 몰라도 전 아닙니다."

"그게 무슨 말이야?"

"이제 어머니와 떨어져 살지 않을 겁니다."

"유성아."

"아들에게 얼굴도 보여 주지 않으실 겁니까?"

정유성이 조금 떨어지자 어머니가 등을 돌렸다.

순간 선욱은 깜짝 놀랐다.

그녀의 얼굴 때문이다.

얼굴 반쪽이 심한 화상으로 완전히 일그러져 있었다. 한쪽 귀는 아예 보이지도 않았고, 눈꺼풀이 처져서 눈도 반쯤 감겨 있었다. 게다가 볼이 움푹 파여 이빨과 잇몸까지 드러나 있다.

밤에 우연히 그녀와 마주쳤다가는 기절을 한다고 해도 하나도 이상하지 않을 것 같은 얼굴이다.

선욱은 비로소 알 수 있었다. 왜 어머니를 데려온다는 말에 매니저가 그렇게 펄펄 뛰었는지 말이다.

어머니는 선욱을 발견하자 깜짝 놀라더니 다시 등을 돌렸다.

"손님을 데려왔다고 왜 말하지 않았어?"

"괜찮습니다. 제가 동생으로 삼은 강선욱이라는 청년입니다. 선욱아, 인사드려."

선욱이 그녀에게 다가와 머리를 숙였다.

"처음 뵙겠습니다. 강선욱이라고 합니다."

그녀가 여전히 등을 돌린 채 머리를 살짝 숙였다.

"예…… . 어서 오세요. 전 이만…… ."

그녀가 서둘러 집 안으로 도망치듯 들어가려 하자 정유성이 팔을 잡았다.

"어머니, 괜찮습니다. 선욱이는 제게 친동생이나 마찬가지입니다."

"그래도……."

선욱이 나서서 말했다.

"형님 말이 맞습니다. 저도 아들같이 생각해 주십시오, 어머님."

"휴! 일단 왔으니 들어가자."

집 안으로 들어가자 모든 물건들이 무척 깨끗하게 잘 정돈되어 있어 평소 집주인의 성격이 어떤지 알 수 있었다.

그리고 벽에는 온통 크고 작은 액자들이 걸려 있었는데, 대부분이 정유성의 사진들이었다.

선욱은 그녀가 무뚝뚝해 보이기는 하지만 마음속으로는 누구보다 아들을 많이 생각하고 있음을 알 수 있었다.

"밥은 먹었어?"

"어머니가 차려 주시는 밥 먹으려고 아침부터 굶었습니다."

"쯧쯧쯧, 밥을 굶고 다녀서 어떻게 힘을 써? 내가 된장찌개를 끓이마. 잠시 기다려라."

"예, 어머니."

정유성이 방으로 들어가더니 앨범 하나를 가지고 나왔다.

"내 앨범이야. 한 번 봐라."

선욱은 그가 내민 앨범을 펼쳤다.

아름다운 미부가 두 사내아이를 안고 찍은 가족사진이 가장 먼저 눈에 띄었다.

누가 보아도 눈을 번쩍 뜰 만큼 아름다운 미부였다.

"어머니께서 젊었을 때에는 무척 아름다우셨군요."

"경주 최고의 미녀셨다. 하지만 불이 나서 얼굴에 심한 화상을 입으셨지. 그래서 지금 그런 모습이 되셨어."

"아!"

"늦긴 했지만 지금이라도 성형수술을 하시면 훨씬 나을 텐데 절대 하지 않으려고 하셔."

"설득하십시오."

"말도 마라. 내가 설득도 하고 협박까지 했어. 하지만 소용이 없더라. 세상에 그렇게 고집 센 어머니는 우리 어머니밖에 없을 거다."

선욱이 다시 앨범으로 시선을 돌렸다.

그러자 어린 시절의 정유성과 조금 더 어려 보이는 사내아이가 나왔다.

"이 아이가 형님 친동생입니까?"

"그래. 안타깝게도 사고로 죽었다. 어머니가 화상을 입었던 그 화재 사고에서."

선욱은 순간 알 수 있었다. 어머니가 왜 성형수술을 하지 않으시는지를 말이다.

그녀는 그때 잃은 아이 때문에 평생을 죄스러운 마음으로 살았을 것이다. 그리고 자신이 입은 화상과 흉측한 모습은 거기에 따라 당연히 받아야 할 벌로 생각하고 있으리라.

하지만 선욱은 그 일에 대해서 함부로 입을 열 수는 없었다.

다시 앨범을 살피자 이상한 점이 있었다. 화재 사고가 나기 전에 어머니와 찍은 사진들은 더러 보였지만 아버지는 단 한 곳에서도 볼 수 없었던 것이다.

선욱이 조심스럽게 물었다.

"형님. 아버님은……?"

"어머니가 사진을 다 태워 버리셨어."

"예? 무슨 이유로……?"

"돌아가시기 전까지 어머니 속을 무던히도 썩이셨거든."

선욱은 고개를 끄덕이고는 더 이상 묻지 않았다.

사진까지 모두 태워 버렸을 정도면 속을 썩인 정도가 아니었을 것이다. 그리고 그런 가정사에 대해서는 선욱도 함부로 물어볼 수 없었다.

그렇게 앨범을 보고 있자, 부엌에서 어머니가 두 사람을 불렀다.

선욱이 정유성과 함께 부엌으로 들어가자 작은 식탁이 있었고, 식탁 위 한가운데 커다란 냄비에서 보글보글 끓고 있는 된장찌개가 있었다.

"캬! 이 구수한 냄새……. 선욱아, 앉아서 먹어 봐. 어머니가 끓여 주시는 된장찌개는 세상에서 가장 맛있다."

"예, 잘 먹겠습니다."

정유성의 말대로 과연 된장찌개는 맛있었다. 도시에서 먹는 것과는 또 다른 깊은 맛이 있었다.

정유성의 어머니는 밥을 차려 주고는 방 안으로 들어가 버렸다. 선욱에게 얼굴을 보여 주지 않으려는 것이다.

두 사람은 일단 배불리 밥을 먹었다.

된장찌개가 얼마나 구수하고 맛있는지 밥이 입으로 들어가는지 코로 들어가는지 모를 정도였다.

마침내 식사가 끝나고 나자 정유성이 어머니를 불렀다.

"어머니, 잠시 거실로 나오세요."

그러자 방 안에서 어머니의 목소리가 들렸다.

"왜 그래? 네가 들어와."

"어머니께서 나와 보세요. 괜찮아요."

"네가 들어오래두."

선욱이 정유성에게 눈짓을 했다.

"형님께서 들어가 말씀드리십시오."

"쩝! 알았다."

정유성이 방으로 들어가더니 곧이어 목소리가 들려왔다.

"어머니, 서울로 가요. 저와 함께 사세요."

"뭐? 싫다! 난 여기가 좋다. 물 맑고 공기도 좋고. 서울 같은 도시에 가서 못 산다."

"그러지 말고 함께 가세요. 이제 어머니와 함께 살고 싶습니다."

"싫대도! 너나 어서 서울로 돌아가거라."

"아뇨. 저 안 갑니다."

"뭐라고?"

"어머니와 함께 가기 전까지는 서울 안 갑니다. 저도 그냥 여기 머물 겁니다."

"유성아!"

"어머니, 저 무지 바쁜 거 아시죠? 내일모레 새 영화 촬영 들어갑니다."

"그럼 어서 가야지. 여기 이러고 있으면 어떻게 해?"

"어머니가 안 가시면 저 촬영 펑크 낼 겁니다."

"유성아! 그래도 소용없다. 이 엄마는 절대로 서울 안 간다."

"그럼 저도 안 갑니다."

"그래선 안 돼. 넌……."

두 사람이 실랑이하는 소리가 계속 들려왔다.

결국 정유성은 어머니를 설득하지 못하고 밖으로 나왔다.

"어휴! 정말 고집 하나는 끝내주시는 분이라니까."

"어머니는 당신의 모습이 자식의 앞길을 막을까 두려워하시는 것 같습니다."

"그래. 네 말이 맞아. 그래서 이렇게 은둔자처럼 숨어 사시는 거야. 사실 예전에는 다 쓰러져 가는 초가집에 살았어. 내가 배우가 되어 돈을 벌고 난 다음에 이 집을 지어 드렸지."

"그러셨군요."

"어쨌든 이번에는 나도 물러서지 않을 거야. 기필코 어머니를 모시고 올라갈 거다."

"제가 응원하겠습니다."

그때부터 정유성과 어머니 사이에 줄다리기가 시작되었다.

정유성은 함께 가지 않는 한 집에 머물겠다가 아예 방에 드러누웠다.

그렇게 하루가 가고 이틀이 흘렀다.

이제 정말 내일이면 영화 촬영이 본격적으로 시작되는 날이다.

정유성은 결판을 낸다는 마음가짐으로 그날 어머니와 단판을 지었다.

"내일부터 촬영 들어가야 합니다."

"그러니까 얼른 올라가라."

"함께 가시죠."

"난 안 간다."

"그럼 저도 안 가요. 영화 촬영 펑크 나는 거죠, 뭐."

"그럼 큰일 아니냐?"

"영화계에서 완전 매장당하는 거죠. 톱스타가 신의도 없고 무책임하다. 이 바닥에서 이런 소문 한 번 나면 끝장인 거 아시죠?"

"지금 이 엄마 협박하는 거냐?"

"바로 맞히셨습니다. 지금 협박하는 거 맞습니다."

"유성아, 이 엄마는 정말 여기가 좋다. 서울 가서 못 살아. 이 얼굴로 어떻게 밖에 나다니겠냐?"

"요즘 의술이 얼마나 발달했는지 아세요? 완전히 고치지는 못해도 얼핏 봐서는 모를 정도까지 회복시킬 수 있단 말입니다."

"싫다."

"어휴, 어머니! 이것도 싫다. 저것도 싫다. 도대체 어쩌시려고 그래요! 이 아들 영화계에서 매장당하는 거 정말 보고 싶으세요?"

"너만 올라가면 아무 일 없을 거다."

"절대 안 올라간다구요!"

정유성이 씩씩거리는 표정으로 방을 박차고 나왔다.

선욱이 그런 정유성을 조용히 불렀다.

"형님. 잠시만……."

선욱은 정유성을 데리고 밖으로 나갔다.

"휴! 도대체 왜 저러시는지 모르겠어."

"형님. 이런 말씀드려도 될지 모르겠습니다만……."

"우리가 남이냐? 그냥 하고 싶은 말은 막 해."

"어머니가 서울로 가지 않으시려는 이유 말입니다. 아무래도 지금의 얼굴 모습과 크게 상관이 있을 것 같습니다. 솔직히 지금 그런 모습으로는 서울에서 사는 게 크게 불편하실 겁니다."

"그래서 성형을 하자고 말씀드렸는데도 고집을 피우시잖아."

"어머니가 성형을 하지 않겠다고 고집을 피우는 이유에 대해서 생각해 보셨습니까?"

"해 보긴 했는데……. 아들이 힘들여 번 돈을 쓸 수 없다고 하시더군."

"그건 핑계일 겁니다."

"내 생각도 그래. 아마 화재 사고 때 동생을 잃은 일 때문인 것 같은데……."

"제 생각도 그렇습니다. 어머님은 그 화재 사고에서 작은 아들을 잃은 걸 자신의 책임이라 생각하고 계실 것입니다. 그래서 화상에서 입은 상처를 형벌처럼 여기고 사시는 것 같습니다."

"나도 그런 생각을 해 봤어. 하지만 거기에 대해서 어머니께 제대로 말해 본 적이 없어."

"지금이라도 말씀해 보는 게 어떻습니까?"

"전에 한 번 그 말을 꺼냈는데 호적 판다는 말까지 나왔어. 그래서……."

"도대체 어떻게 하다가 그런 사고를 당한 겁니까?"

정유성이 깊은 한숨을 내쉬더니 어두운 표정을 지었다.

선욱은 화재 사건에 심상치 않은 사연이 있음을 직감하고 괜히 물어보았다는 생각을 했다.

"죄송합니다. 괜한 걸 물었군요."

"아냐. 실은 그 화재……. 아버지가 낸 거였어."

"예?"

"술에 잔뜩 취해 들어와서는 난로를……."

"형님."

"앨범에서 아버지 사진이 없는 이유 알겠지?"

"예……."

"그때의 화재로 아버지와 동생을 잃었어. 어머니와 내가 살아난 건 기적이었지. 하지만 나를 살리기 위해 어머니는 얼굴에 화상을 입고 말았어."

"그런 일이 있었군요."

"그래. 그때 어머니는 선택을 해야 하셨지. 나냐, 아니면 동생이냐. 어머니는 결국 나를 선택하셨어."

"아!"

"내가 나쁜 놈이었어. 끝까지 어머니 곁에 남아 있었어야 했는데…… . 하지만 난 성공하고 싶었어. 시골에서 농부로 살고 싶지 않았거든. 그래서 어머니를 버려 두고 서울로 갔지. 그때는 정말 고생 많이 했어. 배우로 성공하기 전까지 해 보지 않은 일이 없었으니까."

"그러셨군요…… ."

선욱은 정유성에게 이처럼 처절한 사연이 있을 줄은 몰랐다.

"하지만 막상 성공하고 나니 모든 게 부질없었어. 외롭기도 했고. 너를 만나기 전까지는 말이야."

"형님…… ."

"어머니께 다시 그 일을 들추고 싶지 않아. 너무 큰 마음의 상처를 입으셨거든."

"그렇다고 해서 언제까지 이렇게 살 순 없지 않습니까? 지금 당장은 고통스럽더라도 곪은 상처는 도려내야 합니다."

"그래. 그래야겠지?"

"용기를 내십시오."

"알았어. 다시 한 번 말해 보지."

정유성이 다시 집 안으로 들어갔다.

선욱은 밖에 남았다. 집으로 들어가기보다는 주변을 산책했다.

그때, 집 안에서 큰 소리가 들려왔다.

선욱은 집으로 들어가려다가 그만두었다.

'고통스럽더라도 이번에 해결해야 한다.'

선욱은 문득 가족들이 떠올랐다.

풍족하지는 못해도 화목한 가족이다.

지욘프리드는 선욱에게 고마움을 느꼈다.

'형님에 비하면 내 가족은 행복한 편이었군.'

상대적이기는 하지만 그건 분명한 사실이었다.

집 안에서 울부짖는 소리가 들렸고, 뭔가 부서지는 소리도 들렸다.

하지만 정유성은 끝까지 어머니를 붙잡고 이야기를 하는 모양이었다.

소란은 한참 동안 계속되었지만, 마침내 잦아들었다.

그리고 정유성이 밖으로 나왔다.

무척 지쳐 보이는 얼굴에 두 눈은 붉게 충혈되어 있다.

"휴우!"

"어떻게 되었습니까, 형님?"

"간신히 허락을 받았다. 함께 가시기로."

"아! 정말 잘되었습니다."

"오늘 밤에 올라가자. 정리해야 할 것들도 좀 있으니까."

"그렇게 하시죠."

"운전은 네가 좀 해 줘야겠어."

"당연히 제가 해야죠. 걱정 마십시오."

"고맙다, 선욱아."

"가족끼리는 고맙다는 말을 하지 않는 법입니다."

"그래도…… 고마워."

정유성이 선욱의 손을 잡았다.

선욱은 어색한 표정으로 헛기침을 했지만, 정유성에게서 손을 빼지는 못했다.

✠　　✠　　✠

부우웅!

엔진 소리가 들리더니 승용차 한 대가 아파트 앞에 멈췄다.

어두운 밤이었고, 모두 잠든 듯 불이 들어온 집은 없었다.

승용차 문이 열렸고, 선욱과 정유성이 내렸다. 그리고 뒤이어 머리에 두건을 쓴 어머니가 내렸다.

"이곳이에요, 어머니."

"그래. 어서 들어가자. 누가 볼까 두렵구나."

"괜찮아요. 내 집인데 뭘 두려워하세요?"

선욱이 트렁크에서 커다란 짐 가방 두 개를 꺼내고는 두 사람을 따라 아파트 안으로 들어갔다.

집 안으로 문을 열고 들어가자 불이 자동으로 켜졌다.

엄청나게 넓고 고급스러운 내부에 어머니는 나지막한 신음성을 흘렸다.

"지, 집이 이렇게 넓다니……. 청소를 하려면 쉽지 않겠구나."

벌써부터 아들 집 청소 걱정을 하는 어머니다.

"어머니, 청소 걱정은 마세요. 이틀에 한 번씩 용역 아주머니들이 오셔서 청소를 해 주세요. 그리고 밥과 반찬까지 해 놓고 가니까 어머니는 그냥 편히 지내시기만 하면 돼요."

"안 된다. 내 집을 왜 남의 손에 맡긴단 말이냐? 내일부터는 아무도 부르지 마라."

"하지만 어머니……."

"청소든 뭐든 내가 다 한다."

정유성이 머리를 긁적였다.

한 번 한다고 마음먹으면 아무도 꺾을 수 없는 고집의 소유자가 바로 그의 어머니다.

"형님, 기회를 봐서 이사를 해야겠습니다."

"음. 아무래도 그래야겠다. 하지만 성형부터 하신 후에."

"잘 아는 성형 의사 있습니까?"

정유성이 의미심장한 미소를 지었다.

"내가 원래 잘생기긴 했지만 지금처럼 거의 완벽하지는 않았다."

"그렇다면 형님도……."

"코와 턱을 아주 약간 손봤지. 그리고 그 분야에서 최고 전문의가 내 주치의야."

"다행이군요."

"내일 당장 수술 날짜부터 잡아야겠어."

"하지만 촬영이……."

"내일부터 촬영에 들어가는 건 맞지만 나는 출연하지 않아. 내가 촬영장에 가야 하는 날은 따로 있지."

그가 스케줄 표를 한 장 보여 주었다.

거기에는 정유성이 가야 할 촬영 장소와 날짜, 장면 등이 자세히 적혀 있었다.

"형님이 가야 하는 날은…… 일주일 후군요."

"그래. 그건 너도 마찬가지야. 어차피 넌 내 대역이니까 우린 함께 움직이면 돼."

"오늘까지 오지 않으면 촬영 펑크 난다는 말은……."

정유성이 씩 웃었다.

"때로는 선의의 거짓말도 필요한 법 아니겠어?"

선욱이 고개를 절레절레 흔들었다.

"너도 집에 다녀와. 촬영 들어가면 무척 바빠질 거니까."

"아닙니다. 제가 남아서 도와 드리겠습니다."

"그럴 필요 없어. 간신히 어머니 모셔 왔는데, 제대로 효도 한 번 해야 하지 않겠어?"

"음. 그도 그렇군요. 그럼 전 집에 다녀오겠습니다."

"아마 수술 날짜는 빨리 잡힐 거야. 성형 전문의의 스케줄이 아무리 빡빡해도 내가 하는 부탁이라면 당장 들어주지 않을 수 없거든?"

"그럼 그때 연락 주십시오."

"그래. 날이 밝는 대로 집에 가."

"알겠습니다. 그럼 쉬십시오."

다음 날 아침.

선욱이 집으로 돌아가기 위해 아파트를 나서려는데 정유성이 그에게 작은 상자를 내밀었다.

"이게 뭡니까?"

"열어 보면 알 거 아냐."

선욱이 상자를 열어 보니 자동차 키가 들어 있었다. 모두 5개다.

"형님. 이건……."

"내가 말했잖아. 내 차, 네 차 할 것 없이 함께 쓰자고."

"전 필요 없습니다."

"선욱아, 이 형님이 정말 네게 주고 싶거든? 그러니까 그냥 받아 둬. 그리고 집에 갈 때 아무 차나 하나 골라 타고 가."

"예?"

"내가 네게 해 줄 수 있는 건 이런 거밖에 없다. 그러니까 내 마음이라 생각하고 시키는 대로 해."

"형님……."

"그리고 연기 학원 다닌다는 막내 동생도 언제 한번 데려와. 얼굴이라도 좀 보자."

선욱은 정유성의 호의를 너무 거절해도 예의가 아닌 것 같았다. 게다가 가족처럼 생각해야 한다고 말한 건 자신이 먼저이지 않은가.

결국 선욱은 차 키를 주머니에 넣었다.

"알겠습니다."

"하하하, 그래야 내 착한 동생이지. 그럼 다음에 연락할 테니까 집에서 쉬어."

"예, 형님."

선욱은 정유성과 그의 어머니에게 인사를 한 후, 아파트 지하에 있는 주차장으로 갔다.

고급 아파트라 그런지 최고급 외제 승용차나 스포츠카

들이 즐비했다.

선욱은 주머니에서 다섯 개의 키를 꺼냈다.

"어떤 차가 형님 차지? 내가 아는 건 대형 승용차밖에 없는데……. 일단 눌러 보면 알겠지."

선욱이 키 하나를 들고 스위치를 눌렀다.

삑! 반짝반짝!

주차장 한곳에 있는 커다란 차에서 비상등이 켜졌다.

"이건 너무 크군."

비상등이 들어온 차는 커다란 스타크래프트였다. 일명 연예인들이 타고 다니는 밴이다.

선욱은 다른 키를 눌렀다.

그러자 우람한 덩치를 자랑하는 커다란 RV차의 비상등이 켜졌다. 랭글러라는 차다. 바퀴 크기만 해도 일반 승용차의 두 배는 될 것 같다. 게다가 차고도 엄청나게 높은 걸 보면 온로드용이 아니라 오프로드용 레저 차량이다.

"이것도 한 덩치 하는군. 끌고 다니려면 기름 무지 먹겠다."

선욱은 다시 다른 키 스위치를 눌렀다.

삐빅!

선욱의 눈이 휘둥그레졌다.

노란색 스포츠카가 빛을 깜빡이고 있다.

얼핏 봐서는 도대체 우주선인지 차인지 분간이 가지 않을 정도로 초현대적인 디자인을 뽐내고 있다.

"이런 차 끌고 나갔다가 긁히기라도 하면……."

선욱이 고개를 절레절레 흔들더니 마지막 키를 눌렀다.

"휴우!"

선욱의 입에서 한숨이 새어 나왔다.

덩치가 산만 하다는 표현이 어울릴 법한 SUV 차량이 비상등을 깜빡이고 있다. 차체가 얼마나 넓은지 주차 공간도 두 곳을 한꺼번에 차지하고 있다.

"이, 이건 미국 드라마에서 보았던 허머……."

선욱이 머리카락을 거머쥐었다.

"차라리 국산 경차 한 대 뽑아서 타고 다니는 게 낫겠다. 이런 차를 어떻게 몰고 다니지?"

— 내 선물이야. 형 마음 알지?

형이라는 사람이 마음을 담아서 한 선물이다.

사양할 수도 없다.

결국 선욱의 시선이 우주선을 닮은 스포츠카를 향했다.

"그래. 당분간 네가 내 애마가 되어라."

선욱이 행여 먼지라도 묻을까 조심스럽게 차에 오르더니 시동을 걸었다.

6,500CC에 650마력을 지닌 엔진이 굉음을 뿜어냈다.

우르릉!

마치 번개 후에 치는 천둥 같다.

선욱은 그렇게 최신형 람보르기니 무르시엘라고 LP640 모델을 몰고 아파트를 떠났다.

3장

다시 만난 그놈

우르릉!

마치 거친 야생마에 올라탄 듯하다.

엑셀레이터를 밟기가 무섭다.

살짝 발을 올리기만 했을 뿐인데, 스포츠카는 그야말로 총알처럼 튀어 나간다. 자유로를 달리는 수많은 자동차들 가운데 선욱이 탄 스포츠카가 단연 눈에 띄었다.

때문에 선욱은 너무 빨리 달리지 않도록 최대한 조심하며 운전해야 했다.

그렇게 30여 분을 달린 끝에 일산에 도착했다.

신호 대기를 받고 있는 선욱의 스포츠카를 향해 사람들의 눈길이 쏟아진다.

부러움, 시기, 질시 등의 온갖 감정이 고루 섞인 눈빛들이다.

선욱은 쥐구멍이라도 있으면 들어가고 싶은 심정이었다. 그래도 선팅이 강하게 되어 있어 내부가 거의 보이지 않았기 망정이지, 그렇지 않았다면 선욱은 정말 쥐구멍을 찾았을지도 모를 일이다.

우르릉! 응응응응!

묵직한 배기음과 함께 선욱의 차가 아파트 상가 앞에서 멈추었다.

그러자 지나가던 행인들의 시선이 스포츠카로 쏠렸다. 어떤 학생들은 핸드폰으로 사진을 찍기까지 한다.

'이거 미치겠군, 정말.'

차에서 내린 선욱은 서둘러 상가로 들어가 정육점을 찾았다. 그곳에서 가장 맛있고 비싼 한우를 산 후, 다시 차에 올랐다.

그때, 낯익은 아파트 아주머니들 몇 분이 선욱을 보며 수군거렸다.

무슨 소리를 하는지 듣지 않아도 짐작할 수 있는 일이다.

선욱은 다시 차를 출발시킨 후, 아파트 주차장에 댔다.

차에서 내려 주위를 둘러보니 자신이 몰고 온 스포츠카가 가장 눈에 띄었다. 아마 주위에 주차되어 있는 차들 전부를 합쳐도 선욱의 스포츠카 1대 값만 못할 것이다.

'이 차……. 여기다 둬도 될지 모르겠군.'

선욱은 누가 차를 긁지나 않을지 걱정이 되었다.

'정말 애물단지가 될지도 모르겠구나.'

선욱은 한숨을 내쉬며 집으로 올라갔다.

"다녀왔습니다."

어머니가 선욱을 반갑게 맞았다.

"선욱아! 어이구, 우리 아들. 이게 얼마만이냐?"

선욱은 그동안 집에 거의 들르지 못하고 전화로만 안부를 물었다. 영화계 쪽에 일을 구하게 되었다고 말은 했지만, 자세히 무슨 일을 어떻게 하는지에 대해서는 전혀 언급하지 않았다.

"그동안 별일 없었지?"

"잘 지냈습니다. 어머니와 아버지는 어떠셨습니까?"

"우리야 무슨 일이 있겠니? 그보다 네가 올 줄 알았으면 고기라도 좀 사 두는 건데."

"그러실 것 같아서 좀 사 왔습니다."

선욱이 정육점에서 사 온 고기를 내밀었다.

어머니는 그 고기를 보고 깜짝 놀라는 표정이었다.

"이게 웬 고기냐?"

"예. 집 앞 상가에서 샀는데 맛있을지 모르겠습니다.

한우입니다."

"세상에. 네가 무슨 돈이 있다고 한우를 이렇게 많이 사 와?"

"그동안 돈 좀 벌었습니다."

"또 무슨 일을 했는데? 영화세트 만드는 곳에 가서 막 노동 한 건 아니겠지?"

어머니의 말을 들어 보니 가족들은 아직 자신이 영화배우 대역을 한다는 사실은 알지 못하는 모양이었다.

사실 선욱은 신수지가 하민경에게 말을 했고, 또 그 말이 민경을 통해 동생과 가족들에게 전해지지 않았을까 하고 생각했다.

그런데 의외로 신수지는 조카에게 아무 말도 하지 않았다.

'그 여자 생각보다 입은 무겁군.'

선욱은 그런 신수지가 고맙게 느껴졌다.

"아버지와 동생들은 오늘 일찍 들어옵니까?"

"내가 전화하마. 일찍 들어오라고."

"선영이는 놔두세요. 연기 학원 마치고 오려면 늦을 겁니다."

"아니다. 오랜만에 집안의 장남이 왔는데 모두 모여야지. 선영이도 오늘은 일찍 마치고 집에 오라고 할련다."

어머니는 아버지에게 전화를 했고, 두 동생들에게는 문자메시지를 보냈다.

잠시 후, 답신이 왔는데 일찍 들어오겠다고 했다.

"거 봐라. 다들 오겠다고 하지 않니?"

선욱은 오랜만에 가족들 모두를 만나게 된다고 생각하자 저도 모르게 미소를 지었다.

'후후후, 모두들 잘 지냈는지 궁금하군. 그리고 보면 나도 이제 이 사람들과 완전히 가족이 된 모양이야.'

저녁이 되자 식구들이 한 사람씩 돌아왔고, 마지막으로 선영이 돌아왔다.

모두들 선욱을 보고는 환하게 웃었다.

선욱은 그냥 무뚝뚝한 표정으로 일관했지만, 마음속으로는 기뻐했다.

식구들 모두 오랜만에 한 식탁에 둘러앉았다.

식탁 한가운데 놓인 불판에서 한우가 지글거리는 소리와 함께 익어 간다.

"히야! 이거 얼마만에 맡아 보는 한우 냄새야? 형 덕분에 한우도 다 먹어 보네."

어머니가 선민을 타박했다.

"이 녀석! 누가 들으면 이 엄마가 고기 한 점 먹이지 않는 줄 알겠다."

"헤헤, 삼겹살이야 가끔 먹었지만 한우는 오랜만이잖

아요."

아버지도 껄껄 웃었다.

"그래. 우리 장남 덕분에 한우도 다 먹어 보네. 고맙다.
잘 먹으마."

선욱은 가족들 모두 좋아하는 것을 보고 기회가 되면
한우를 자주 사 와야겠다고 생각했다.

식구들 모두 한동안 신나게 고기를 먹었고, 어느 정도
배가 부르자 이런저런 이야기를 꺼냈다.

그리고 그 이야기의 중심은 선욱이었다.

"선욱아, 영화 쪽에서 일을 한다고 했는데, 도대체 무
슨 일이냐?"

"형! 혹시 배우라도 된 거야?"

"오빠! 어느 영화사야? 무슨 영화라도 찍는 거야?"

선욱은 손을 흔들어 그들의 질문을 모두 막은 후, 품속
에서 두툼한 봉투 하나를 꺼내 어머니에게 내밀었다.

"이게 뭐니?"

"열어 보십시오."

"뭔데…… 헉!"

어머니가 기겁한 표정을 지었다.

봉투에는 10만 원짜리 수표가 두둑이 들어 있었던 것
이다.

식구들 모두 두 눈을 휘둥그레 떴다.

"이, 이게 도대체 얼마니?"

"천오백만 원입니다."

"천오백만 원이라고! 선욱아! 네가 어떻게 이 큰돈을……."

"영화 제작에 참여하게 되었습니다."

어머니는 자신이 뭘 잘못 들은 게 아닌지 의심하는 표정을 지었다.

"방금 영화 제작이라고 했니?"

"네. 그건 출연료입니다. 일종의 계약금이죠."

원래 선욱이 받은 돈은 2,000만 원이었다. 하지만 사람이 사회생활을 하려면 아무래도 돈이 필요했다. 그래서 일단 500만 원은 남겨 두었다.

"네, 네가 어떻게 영화에 출연해?"

"우연히 영화감독과 연이 닿았습니다."

"영화감독이라고? 누구?"

"장훈 씨입니다."

선민이 고함을 지르며 나섰다.

"장훈 씨라고! 그 액션 배우 출신의 감독?"

"그래."

"세상에! 형이 배우가 되다니……."

선영도 가만있지 않았다.

"오빠가 어떻게 영화를 찍어? 혹시 길거리 캐스팅이 된 거야?"

선욱은 주인공 대역 연기를 하게 되었다고 말하지는 않았다. 그랬다가는 가족들이 걱정을 할까 두려웠다.

"그냥 단역 하나를 맡았다. 아마 영화에서 제대로 나오지도 않을 거다."

"단역인데 그렇게 돈을 많이 줘?"

"그게……. 그런 단역이 있더라."

"까악! 믿을 수 없어. 오빠가 영화배우가 되다니……. 오빠, 내게도 감독님 좀 소개시켜 줘."

"넌 따로 소개시켜 줄 사람이 있다. 며칠만 기다려라."

"누구? 누굴 소개시켜 줄 건데?"

"널 키워 줄 사람."

"아! 정말?"

"그래. 그러니까 연기 학원에서 열심히 배워. 나중에 부끄럽지 않도록."

"알았어. 열심히 할게."

아버지와 어머니가 흐뭇한 표정으로 선욱을 쳐다보았다. 이제 장남이 동생들을 돌보고 챙기는구나 하는 생각을 했던 것이다.

"그런데, 우리 아파트 주차장에 서 있는 스포츠카 봤어요?"

선민의 말에 선욱을 제외한 나머지 가족들 모두 의아한

표정을 지었다.

"스포츠카? 우리 아파트에 스포츠카 모는 집도 있니?"

"저도 처음 봤어요, 엄마. 차가 무슨 우주선같이 생겼더라고요. 어떤 집 차인지 몰라도 엄청 부잔가 봐요."

"어머! 우리 아파트에 무슨 스포츠카래?"

선욱은 난감한 표정으로 눈길을 어디다 둬야 할지 몰랐다.

'말해야 하나 말아야 하나……. 거참, 난감하군.'

"어떤 새끼……. 험험! 어떤 자식이 그 차를 보고 배가 아픈지 침을 뱉더라고. 큭큭큭!"

선욱이 벌떡 일어났다.

"뭐? 침을 뱉어? 긁거나 하진 않았어?"

"형이 왜 그렇게 흥분하고 난리야?"

"그 차……."

"……?"

"내가 몰고 왔다!"

선욱이 재빨리 밖으로 뛰어나갔다.

식구들 모두 한동안 어안이 벙벙한 표정으로 서로를 쳐다보다가 누가 먼저라 할 것도 없이 선욱의 뒤를 따라 우르르 몰려 나갔다.

아파트 주차장.

주민들 몇 명이 나와 웅성거리면서 차를 구경하고 있다.

선욱은 차에 이상이 없는지 꼼꼼히 살피고 있었고, 그의 가족들은 믿을 수 없다는 표정으로 스포츠카와 선욱을 번갈아 가며 쳐다보았다.

"세상에! 정말 네가 이 차를 몰고 왔어?"

"형! 짱이야! 설마 형 차는 아니겠지?"

"오빠! 나 좀 태워 줘!"

식구들이 너도나도 묻는 통에 선욱은 정신을 차릴 수가 없었다.

다행히 차에는 이상이 없었다. 누가 침을 뱉었다지만 어디에 어떻게 묻었는지 표도 나지 않았다.

'휴! 내일 세차를 해야겠군. 한데, 이 차는 어떻게 세차를 하지?'

선욱은 머리가 지끈 아파 오는 것을 느꼈다.

"오빠, 나 좀 태워 달라니까. 응?"

"잠깐!"

선욱의 고함 소리에 모두들 입을 다물었다.

"일단 들어가."

선욱이 집으로 올라갔고, 가족들이 우르르 그의 뒤를 따랐다.

집으로 들어온 선욱은 거실 소파에 앉았다.

가족들이 부담스러운 눈빛으로 선욱을 쳐다보고 있었다.

"그 스포츠카는 제 차가 아닙니다."

"그럼 누구 차야?"

가족들 모두가 동시에 입을 열었다.

"영화배우 정유성 씨 찹니다."

"정유성이라면……. 그 잘생긴 영화배우?"

"한류 스타?"

"몸짱에 얼굴짱?"

제각기 한마디씩 했다.

"그 사람이 잠시 제게 맡겼습니다."

"그 사람이 왜 네게 차를 맡겨?"

"형, 그 사람과 무슨 관계야?"

"오빠 혹시 정유성 씨 집 운전기사로 취직했어?"

온갖 질문들이 선욱을 향해 퍼부어졌다.

선욱이 고개를 절레절레 흔들었다.

"일단 그렇게만 알고 계세요. 전 피곤해서 좀 쉬렵니다."

선욱은 재빨리 방으로 들어갔다.

그러자 두 동생들이 그를 따라 들어왔다.

"형! 얘기해 봐."

"그래, 오빠. 우리들에게도 감출 거야?"

선욱이 발끈했다.

"감추긴 뭘 감췄다고 그래?"

"형 얼굴에 다 쓰여 있는데?"

"작은 오빠 말이 맞아. 뭐 숨기고 있지?"

선욱은 더 이상 이 성가신 동생들을 속이는 건 불가능하다는 사실을 깨달았다.

선욱이 한숨을 푹 내쉬더니 입을 열었다.

"사실, 이번에 정유성 씨와 영화를 같이하기로 했다. 얼마 전에 제작 발표한 프로젝트 M이다."

"프, 프로젝트 M이라면 장훈 감독이 기획하고 제작하는 영화 '명성황후'를 말하는 거야?"

"그래."

"세상에! 오빠가 거기서 무슨 역할을 맡아? 어떻게 그렇게 된 거야?"

선욱은 선무도관에 갔다가 우연히 장훈을 알게 되었다는 사실을 설명해 주었다. 그리고 자신은 단역배우로서가 아니라 주연배우의 대역으로 참여하게 되었고, 그 과정에서 정유성과 친해졌다고 대답했다.

두 동생들은 마치 꿈을 꾸는 듯한 표정으로 선욱을 쳐다보았다.

"세상에……."

"오 마이 갓!"

선욱이 잠시 주저하다가 말했다.

"이건 너희들만 알고 있어."

"대역 배우라면……. 배우들 위험한 장면 찍을 때 대타로 뛰는 그런 배우?"

"맞아."

"누구 대역이야?"

"주인공 정유성 씨."

"아! 그럼 일종의 스턴트맨이네?"

"단순한 스턴트맨은 아냐. 워낙 액션 장면이 많아서 대사 빼고는 진짜 연기하듯 해야 해. 그래서 지금까지 정유성 씨와 함께 지냈어. 그의 행동이나 버릇 같은 걸 파악해야 했거든?"

"아! 형이 그렇게 유명한 배우와 함께 지냈다니……."

"아버지, 어머니에게는 말하지 마라. 걱정하시니까."

"알았어, 형."

"그런데, 오빠. 오빠가 어떻게 위험한 연기를 해? 그런 건 전문적으로 훈련을 받은 사람만 할 수 있잖아."

선민이 '훗!' 하고 웃으며 말했다.

"야! 우리 지금까지 형에게 속고 살았던 거 알아?"

"그게 무슨 말이야, 둘째 오빠?"

"우리 형 알고 보니 주먹 쓰는 솜씨가 장난이 아냐. 몰래 운동을 꽤 오래했나 보더라고."

"뭐?"

선영은 불가사의하다는 표정으로 선욱을 쳐다보았다.

그렇지 않아도 연기 학원의 일로 보았던 오빠는 예전의 그 사람이 아니었다. 듬직하고 사내다웠으며, 또 조폭으로 보이는 사람과 엮이게 되었지만 간단히 해결까지 했다.

"내가 큰오빠를 몰라도 많이 몰랐구나……."

선영이 고개를 절레절레 흔들었다.

선욱이 선민에게 말했다.

"아, 그런데 신수지 씨 봤다."

"신수지 씨라면…… 민경이 이모?"

"그래. 프로젝트 M 마케팅 책임자더라. 훈 미디어에 브리핑을 하러 왔더군."

"그래? 그런데 왜 민경이는 그런 사실을 모를까?"

"내가 본 그 아줌마, 프로 의식이 상당하더라. 일도 잘하고. 아마 공과 사를 확실히 구분하는 그런 성격일 거다. 그래서 말하지 않았겠지."

"히야. 우리 이모 쿨한데?"

선영이 의아한 표정을 지었다.

"우리 이모? 누가 우리 이모야?"

"흐흐흐, 그런 사람이 있어."

"쳇! 둘만 알고……."

"궁금하면 아침 일찍 일어나서 약수터에 따라와."

"피곤하단 말이야."

"그럴수록 운동을 더 열심히 해야지."

선욱도 동생의 말을 두둔하고 나섰다.

"선민이 말이 옳다. 체력만큼 중요한 게 없다. 배우나 연기자가 되려면 가장 중요한 게 체력이야. 내가 그동안 정유성 씨와 함께 다녀 보면서 깨달은 일이야. 그러니까 너도 아침마다 약수터 올라가서 운동해."

"배우라는 직업이 그렇게 힘들어?"

"그래. 보통 사람은 상상하기도 힘들 만큼. 거기서 자기 관리 조금만 못 하면 그냥 무너지고 말아."

"그래?"

선영이 잠시 고민하더니 뭔가 결심한 듯 말했다.

"좋아. 그럼 내일 아침부터 나도 약수터 올라갈게. 오빠들하고 같이 가."

"좋아. 그렇게 하자."

"근데, 오늘 이대로 끝낼 거야?"

선욱이 의아한 표정으로 선민을 쳐다보았다.

"뭘 끝내?"

"그 차 한 번 타자고!"

"지금?"

"그래. 우리가 언제 그런 차 한 번 타 보겠어? 맞지,

선영아."

"응. 큰오빠, 우리 그 차 타고 나가 보자. 응?"

선욱이 난감한 표정을 지었다.

"자리도 두 개밖에 없어서……."

"무슨 상관이야? 작은 오빠랑 내가 조수석에 찌그러져서 타면 돼."

"맞아, 형. 어서 타고 나가 보자. 자유로 한 번 달려 보자구!"

선욱이 한숨을 푹 쉬더니 결국 고개를 끄덕였다.

"알았다."

세 사람은 우르르 나가서 아파트 주차장으로 갔다.

선욱이 차 문을 열었다.

"어서 타."

"야호!"

"만세!"

선민과 선영이 조수석 문을 열어젖히더니 서로 먼저 타려고 아우성이었다.

"내가 먼저 탈 거야."

"이 계집애야. 내가 먼저 탈 테니까 네가 내 앞에 타!"

"싫어. 옆에 나란히 앉을래."

선욱은 투덕거리는 두 사람을 보고 헛웃음을 짓더니 운

전석에 올랐다.

운전석에서 조수석을 보니 가관이다.

자리가 제법 넓기는 했지만, 말만 한 여고생과 선민이 함께 앉기에는 아무래도 좁았다.

"거 봐. 이렇게 앉을 순 없어. 내가 앉고, 네가 내 앞에 앉으란 말이야."

"쳇! 알았어."

두 사람이 비적거리더니 다시 자세를 잡았다.

다음 순간 선민의 비명이 터져 나왔다.

"으악! 이 계집애야. 거길 깔고 앉으면 어떡해? 이 오빠 평생 장가 못 가게 만들 일 있어?"

"쳇! 그럼 어쩌라고!"

"조금만 앞으로 가란 말이야!"

"으으! 이렇게?"

선영은 아예 앞 유리창에 머리를 갖다 대야 했다.

"휴. 이제 좀 낫네. 형! 이제 출발!"

선욱은 고개를 절레절레 흔들더니 시동을 켰다.

우르릉!

소리 자체가 차원이 다르다.

선민과 선영은 묵직한 배기음을 듣고 감탄하는 표정을 지었다.

"히야! 이 차 정말 끝내준다. 달리고 싶어서 미칠 것 같은 야생마 같아."

"그러게. 그런데, 오빠. 이 차 이름이 뭐야?"

선욱이 순간 당황했다.

그러고 보니 차종도 모르고 있지 않은가.

"이, 이건…… 그냥 스포츠카다."

"뭐? 설마 오빠도 이 차가 뭔지 모르는 거야? 둘째 오빠, 오빠 알아?"

"내가 아는 제일 좋은 스포츠카는 포르쉐야. 형! 이 차 혹시 포르쉐야?"

"그, 그래. 포르쉐 맞다."

선욱은 대충 대답한 후 서둘러 출발했다.

부우우우웅!

세 사람을 태운 스포츠카는 곧바로 주차장을 벗어나 대로에 접어들었다.

또다시 사방에서 눈길이 쏟아졌다.

선욱은 난감하고 거북했지만, 동생들은 그렇지 않은 모양이다. 은근히 그걸 즐기기까지 한다.

"흐흐흐, 쟤 얼굴 좀 봐. 완전히 뻑 갔는데?"

"호호호, 이런 차는 서울 시내에서도 보기 힘들 걸? 어머! 잠깐만. 저 계집애를 여기서 만났네."

선영이 차창을 내리더니 손을 내밀어 흔들었다.

"지영아!"

건널목에 서서 신호가 바뀌기를 기다리던 여고생 한 명이 눈을 휘둥그레 뜨고는 선영을 쳐다보았다.

"서, 선영아, 안녕? 그런데 그 차……."

"응. 우리 큰오빠 거야."

"저, 정말? 우와! 너 좋겠다!"

"호호호, 우리 큰오빠가 능력이 좀 돼. 그럼 내일 학교에서 보자."

"그, 그래. 잘 가."

선영이 다시 창을 올렸다.

"크크크, 네 친구야? 우리 차를 보더니 완전히 맛이 가기 일보 직전이던데?"

"호호호, 속이 다 시원하네. 지영이 고 계집애 평소에 집안 좀 산다고 얼마나 자랑하고 다니는데? 얼마나 눈꼴시린 줄 알아? 오늘 아주 시원하게 갚았네. 호호호. 큰오빠, 고마워."

선욱은 얼굴을 푹 숙였다.

그는 아주 창피해서 죽을 지경이었다.

신호가 바뀌자 선욱은 재빨리 치고 나갔다.

부아아앙!

굉음과 함께 세 사람은 몸이 의자 등받이로 확 젖혀지는 걸 느꼈다. 엄청난 가속력이 아닐 수 없다.

"우와! 죽여준다!"

"오빠, 달려!"

선욱은 대로를 따라 달린 후, 마침내 자유로로 나왔다.

퇴근 시간이 지나서인지 자유로에는 차가 많지 않았다. 마음만 먹으면 신나게 밟을 수 있을 것 같다.

선욱은 가슴이 뛰는 것을 느꼈다.

'음. 심장이 또 뛰는군. 달리고 싶다는 건가?'

"형! 뭐 해? 그냥 밟아!"

선욱이 저도 모르게 엑셀을 깊숙이 밟았다.

부아아아아아!

람보르기니는 말 그대로 미친 듯이 튀어 나갔다.

주변의 경물이 휙휙 스쳐 지나갔고, 계기판의 속도계는 가볍게 100km를 지나 순식간에 200km에 육박했다.

선욱은 가슴이 떨려서 도저히 더 이상 엑셀레이터를 밟을 수 없었다.

차가 다시 속도를 늦췄고 100km를 유지했다.

"뭐 해, 형? 안 달려?"

"지금도 빠르다. 위험하니 적당히 가자."

"에이, 면허증만 있으면 내가 운전하는 건데."

"다시 말하지만 이거 내 차 아니다."

"사고만 안 나면 되지, 뭐. 쳇!"

자유로를 타고 임진강을 옆에 낀 채 북쪽으로 달리던

선욱은 얼마 지나지 않아 막다른 곳까지 왔다.

"이제 돌아가자."

"좀 더 달리면 좋을 텐데."

"그러게 말이야, 오빠."

선욱이 고개를 가로저었다.

"안 돼! 위험해."

"히유! 정말 차가 아깝다는 생각이 든다."

"맞아. 주인 잘못 만난 거지, 뭐."

선욱은 동생들의 푸념을 흘려들은 후, 다시 자유로로 차를 올리려 했다.

그때, 묵직한 중저음의 엔진 소리가 다가왔다.

펑펑펑펑!

규칙적이고 특이한 이 엔진 소리를 듣는 순간, 선욱의 안색이 급격히 굳었다.

심장이 미친 듯이 뛰기 시작한다.

갑자기 선욱의 머리에 끔찍한 기억이 떠올랐다.

편의점을 나가 길을 건너려던 순간, 이것과 동일한 엔진음이 들렸고, 다음 순간 큰 충격을 느끼고 땅에 쓰러졌다.

― *병신 새끼! 눈을 어디다 달고 다니는 거야!*

― *규철아! 뭐 해? 튀어!*

아직도 귓가에 맴돌고 있는 폭주족의 목소리가 생생하

기만 하다.

선욱이 차창 너머로 시선을 돌렸다.

오토바이 몇 대가 서서히 다가오는 모습이 보인다.

할리—데이비슨 기종이다.

더구나 옆에 붙어 있는 문양.

'해골이다!'

선욱이 어금니를 지그시 깨물었다.

부다다다다!

요란한 소리와 함께 오토바이들이 갑자기 출발하더니 자유로를 달렸다.

선욱은 곧바로 엑셀레이터를 밟았다.

부아앙!

람보르기니는 말 그대로 밟는 대로 나가는 차다. 할리—데이비슨이 아무리 대용량의 배기량을 자랑하지만 람보르기니를 이길 수는 없다.

"혀, 형! 왜 그래?"

선욱의 귀에는 동생의 목소리가 아예 들어오지 않았다. 그의 머릿속에는 오토바이를 탄 폭주족들을 잡아야 한다는 일념뿐이다.

폭주족들은 람보르기니가 무서운 속도로 따라붙는 것을 보고는 마치 경주라도 하듯 속도를 높였다.

150, 160, 170……

오토바이와 스포츠카의 속도가 무섭게 올라가기 시작했다.

그때, 갑자기 삑삑거리는 경고음이 선욱의 귀에 들려왔다.

"뭐, 뭐야? 형! 기름이 없잖아!"

"뭐?"

선욱이 급히 계기판을 쳐다보았다.

출발할 때에는 들어오지 않았던 경고등이 노란빛으로 깜빡이고 있었다.

"출발 때는 분명히 기름이 반 칸 남았었는데……."

"형! 스포츠카가 기름을 얼마나 많이 먹는지 알아? 연비가 리터당 3, 4km밖에 나오지 않는다구!"

"뭐야? 젠장!"

선욱의 마음이 급해졌다.

빨리 폭주족을 따라잡으려 했지만, 자유로를 달리는 차량들 사이를 요리조리 빠져나가며 달리는 오토바이를 뒤따르는 건 쉬운 일이 아니었다.

결국 다급한 경고음이 들리더니 차의 속도가 점차 느려졌다. 마침내 기름이 다 떨어지고 만 것이다.

갓길에 차를 세운 선욱이 한숨을 푹 내쉬며 핸들에 머리를 박았다.

"으으!"

"형! 도대체 왜 그래?"

"오빠, 무서워."

선욱이 어금니를 가는 표정으로 멀어져 가는 오토바이들을 쳐다보았다.

선민이 그런 선욱의 모습을 쳐다보더니 물었다.

"형! 혹시 저놈들이……."

"그래, 맞다. 날 친 놈이 탄 것과 같은 문양이 오토바이에 새겨져 있었다."

"뭐야?"

선민의 주먹을 불끈 쥐고는 대쉬 보드를 후려쳤다.

"젠장! 그놈들을 놓치다니……."

한동안 씩씩거렸지만 지금으로서는 방법이 없었다.

"그런데…… 오빠. 이제 우리 어떡하지?"

선민이 입맛을 다셨다.

"할 수 없지. 보험사 불러서 기름 넣어야지."

선욱은 마음을 가라앉히고는 대쉬 보드 아래를 열어 보험 서류를 찾아 전화를 걸었다.

"여보세요? 아, 예. 기름이 떨어져서요. 위치는……."

고급 스포츠카라서 그런지 보험사 직원은 상당히 친절했다.

"형, 온대?"

"그래. 곧 오겠단다."

통화가 끝나자 선욱은 주먹을 불끈 쥐었다.

'오늘은 놓쳤지만 그래도 수확이 없지는 않았다. 놈들이 주로 이 길을 따라다닌단 말이지?'

선욱의 눈빛이 새파랗게 빛났다.

얼마 지나지 않아 보험사 차량이 나타나더니, 보험사 직원이 커다란 기름통을 꺼냈다. 그러고는 차에 기름을 넣어 준 후, 허리를 깍듯이 숙인 뒤 떠났다.

선욱은 다시 차를 몰고 일산으로 돌아왔다.

먼저 가장 가까운 주유소에 들러 고급 휘발유를 가득 채웠다.

그러자 무려 20만 원이 넘는 거금이 한 방에 날아갔다.

선욱은 고개를 절레절레 흔들었다.

"이 차, 완전히 기름 먹는 하마군."

폭주족을 놓치기는 했지만, 기분은 그렇게 나쁘지 않았다. 놈들의 활동 무대가 어딘지 알게 되었고, 속 시원하게 드라이브도 했으니 말이다.

"다음에 다시 나오자, 형."

선욱은 폭주족과 관련된 일에 동생을 끌어들이고 싶은 마음은 없었다.

"내가 알아서 처리한다."

"형!"

"두고 봐라. 내가 놈들을 가만두지 않을 테니."

선민은 어쩔 수 없다는 표정을 지었다.

"알았어. 하지만 조심해."

"걱정 마라."

세 사람은 차에서 내린 후, 집으로 올라갔다.

4장
마나 수련법

다음 날 아침.

선욱은 두 동생들과 함께 집을 나섰다. 뒷산 약수터에 가서 운동을 하기 위해서다.

선영은 아침 일찍 일어나는 게 힘들어 보였지만 훌륭한 연기자가 되기 위해서는 체력이 필수라는 점을 인식했는지 연신 하품을 하면서도 오빠들을 따라나섰다.

생각보다 선영은 산을 잘 올라갔다.

그녀는 연기 학원에서 항상 춤 연습을 했고, 그게 체력에 많은 도움을 준 모양이다.

"너, 제법 산 잘 타네?"

"흥! 내가 이 정도 체력도 안 될까 봐 그래? 마음만 먹으면 오빠들보다 빨리 올라갈 수 있다니까."

"그래? 그럼 우리 시합이나 한 번 해 볼까?"

"좋아! 지는 사람 오늘 저녁에 통닭 사기다."

"오케이! 흐흐흐, 오늘 공짜로 통닭 얻어먹게 생겼군. 형! 준비됐어?"

선욱은 내심 코웃음을 쳤지만 동생들과 시합을 하기로 했다.

"좋다. 지금부터 시작이다."

말이 떨어지기 무섭게 선민은 아예 뛰기 시작했다.

선영도 뒤질세라 달렸지만 얼마 가지 못하고 헉헉거렸다. 선욱은 처음에는 뒤처졌지만 이내 선영을 따라잡았고, 얼마 지나지 않아 선민의 등 뒤까지 바짝 추격했다.

선민은 바로 등 뒤에 선욱이 따라왔음을 깨닫고 이를 악물었다.

"헉헉헉!"

선민의 체력은 상당히 좋은 편에 속했지만 마나를 수련한 선욱을 이길 수는 없었다.

선욱은 마음만 먹는다면 가볍게 동생을 제쳐 버릴 수 있었지만, 곧바로 걸음을 늦췄다. 그러자 선영이 뒤따라왔다.

"선영아, 오빠 손잡아라."

"헉헉! 크, 큰오빠. 헉헉. 고마워."

선욱은 선영의 손을 잡고 산을 올랐다.

작은 오빠를 따라잡아 보려고 악착같이 올라가는 선영의 모습을 본 선욱은 희미한 미소를 지었다.

최선을 다하는 그녀의 모습이 그렇게 예뻐 보일 수 없었던 것이다.

'후후후, 녀석.'

마침내 약수터에 도착했다.

선민이 벌써 물을 한 바가지 마시고는 여유 만만한 표정으로 이죽거리듯 말했다.

"여어, 굼벵이들! 빨리 오지 않고 뭐 해?"

"쳇! 작은 오빠 치사하게……."

"치사하긴 뭐가 치사해? 통닭이 걸렸는데. 흐흐흐, 그럼 오늘 저녁에 통닭은 누가 사는 거야?"

선영이 처량한 표정으로 선욱을 쳐다보았다.

"큰오빠아아! 히잉!"

"훗. 그래. 내가 사겠다."

"어머! 고마워, 오빠. 큰오빠 최고!"

선영이 팔짝팔짝 뛰며 좋아했다.

세 사람은 시원한 약수를 마시고 잠시 쉬었다.

나무 아래 벤치에 앉아 이런저런 이야기를 하고 있는데, 선민이 갑자기 벌떡 일어났다.

"왔구나!"

선영이 의아한 표정으로 갑자기 뛰어가는 선민을 쳐다
보았다.

"작은 오빠 왜 저래?"

"좋아하는 여학생이 왔다."

"뭐? 좋아하는 여학생?"

그녀가 관심 깊은 표정으로 약수터를 쳐다보았다.

예쁘장하게 생긴 여학생 한 명과 큰언니쯤 되어 보이는
아가씨가 선민에게 아는 척을 했다.

"수지 씨도 왔군."

"응? 수지 씨는 또 누구야?"

"선민이가 좋아하는 여학생의 이모."

"아! 어제 말했던 그 이모?"

"그래."

"어서 가 보자."

선욱은 별로 내키지 않았지만 선영과 함께 선민에게 걸
어갔다.

"이모님, 민경아, 내 동생. 선영아, 어서 인사 올려."

선영이 선민을 향해 입을 삐죽이더니 신수지를 향해 머
리를 숙였다.

"안녕하세요. 말씀 많이 들었어요. 강선영이라고 합니
다."

"어머. 네가 이 가족의 막내구나. 정말 예쁘게 생겼네?"

"감사합니다."

"선욱 씨도 왔네요?"

"안녕하십니까?"

선욱이 무뚝뚝한 표정으로 인사를 한 후, 다시 말했다.

"전 운동을 해야 해서, 이만!"

"저도 오늘부터 헬스를 좀 해 볼까 하는데, 가르쳐 주시겠어요?"

"예?"

"호호호, 저기 기구들이 많이 있네요. 운동하는 방법 좀 가르쳐 달라구요."

선욱은 내심 고개를 절레절레 흔들었지만 상대가 이렇게 부탁을 하고 나서니 어쩔 도리가 없었다.

"알겠습니다. 가시죠."

두 사람이 어깨를 나란히 하고 헬스 기구장으로 향했다.

민경이 입을 삐죽이면서 선욱을 슬쩍 쳐다봤지만, 아무도 그런 그녀의 표정을 보지는 못했다.

"안녕. 나 선영이야."

"난 하민경이야. 반갑다."

두 사람이 인사를 나누고는 서로의 얼굴을 잠시 쳐다보았다.

'여우같은 계집애. 예쁘게도 생겼네. 저런 애가 머리는

별로지.'

'흥! 딱 남자 잡아먹을 상이네. 어리바리한 우리 작은 오빠 꼭 잡혀 살겠어.'

보이지 않는 짧은 기싸움이 벌어진 후, 두 사람은 약속이라도 한 듯 웃으며 말했다.

"호호호, 너 정말 예쁘다. 맘에 든다."

"나도 그래. 우리 친구하자. 호호호."

알다가도 모를 방년 18세 소녀들의 마음이다.

한편, 선욱은 신수지에게 헬스 기구를 다루는 법을 가르쳐 주느라 용을 쓰고 있었다.

"한두 번 들고 말 거면 그건 할 필요가 없습니다."

"자세가 틀렸습니다. 그렇게 하다가는 다칩니다."

"더 강하고 파워풀하게 하세요. 지금 맨손체조하는 겁니까?"

선욱의 잔소리에 결국 신수지가 두 손, 두 발 다 들었다.

"에휴. 그만할래요. 선욱 씨 말대로 하다가는 오늘 출근도 못 하고 꼼짝 없이 누워 있을 것 같군요."

"어중간하게 할 거라면 차라리 하지 않는 게 좋습니다. 그냥 빨리 걷는 거나 천천히 뛰는 운동을 하십시오."

"알았어요. 앞으로는 그런 운동만 하죠."

신수지가 입맛을 다셨다.

원래 그녀는 선욱이 마음에 들어 운동을 통해 슬그머니 접근하려고 했다. 아무리 무뚝뚝한 성격이라도 자신처럼 예쁜 여자가 몸을 부대끼면서 헬스를 가르쳐 달라고 하면 나긋나긋하게 변할 줄 알았는데, 그건 착각이었다.

선욱에게 자신은 여성미를 물씬 풍기는 아름다운 여자가 아니라 운동을 배우는 학생일 따름이었다.

"그럼 전 먼저 가요. 다음에 봐요, 선욱 씨."

"안녕히 가십시오."

여전히 무뚝뚝한 표정으로 인사를 한 후, 벤치프레스로 걸어가는 선욱을 보며 신수지가 아랫입술을 잘근 깨물었다.

'쳇! 난 늙었다 이거냐? 어디 두고 봐.'

참 알다가도 모를 게 사람 마음이다.

처음 선욱을 봤을 때는 귀여운 막내 동생 같았다.

하지만 일 때문에 영화사에서 몇 번 만나고, 파티에서 함께 술을 마시는 동안 선욱은 막내 동생이 아니라 남자로 보이기 시작했다.

무뚝뚝하고 차가운 그의 성격이 오히려 그녀의 마음을 흔든 모양이다.

'에휴! 꽃다운 청춘은 어디 가고 서른세 살의 노처녀만 남았누. 쯧쯧쯧.'

신수지가 고개를 절레절레 흔들며 한탄했다.

그녀가 비록 선욱에게 찬밥 대우를 받기는 했지만, 실제로는 인기가 꽤 있는 여자였다.

얼굴도 상당히 예쁘고 몸매 또한 잘 빠졌다. 게다가 키도 크고 패션 감각까지 뛰어나다. 직장에서는 능력을 인정받아 또래의 직장 여성들에 비해 두 배나 되는 연봉을 받는다.

주위에는 그녀가 좋다고 달라붙는 연상, 연하의 남자들도 수두룩하다. 그중에는 변호사나 의사 같은 능력 있는 전문직 남성들도 있다.

그럼에도 불구하고 그녀는 그런 남성들에게 별 매력을 느끼지 못했다. 그들 모두 자신을 공주, 아니 왕비처럼 떠받들어 주지만 듬직하거나 믿음직하게 느껴지지 않았다.

그런데 그런 사람이 생긴 것이다.

바로 선욱이다.

나이는 띠동갑 조금 못될 정도로 어리지만 왠지 그의 과묵함과 절제된 행동, 어투에 끌린다.

이 남자라면 날 지켜 줄 수 있다.

이 남자라면 믿을 수 있다고 말이다.

'홋! 이 나이에 짝사랑이라니……. 정신 차려, 신수지!'

그녀는 강하게 머리를 한 번 흔든 후, 민경과 함께 산을 내려갔다.

✠ ✠ ✠

우르르릉!

묵직한 소리와 함께 람보르기니가 대로에 나타났다.

행인들이나 지나가는 차량에 타고 있던 사람들의 시선이 일제히 그 차를 향한다.

람보르기니는 몇 차례 날카로운 코너링을 보여 주더니 어느 건물 앞에 멈추었다.

바로 선무도관이다.

운전석 문이 열리더니 선욱이 내렸다.

그때, 선무도관의 1층 문이 열리더니 검은 뿔테안경을 쓴 조현경이 뛰어나왔다.

그녀의 시선이 차를 향하는 것으로 보아, 상당히 비싸 보이는 스포츠카가 매장 앞에 멈추는 것을 보고 차 구경을 하러 뛰어나왔음이 분명하다.

그런데 운전석에서 내린 선욱을 발견하고는 두 눈을 휘둥그레 떴다.

"서, 선욱 씨!"

"안녕하십니까, 현경 씨."

"이 차……. 선욱 씨 건가요?"

"아닙니다. 잠시 빌려 타고 있습니다."

"세상에! 이렇게 비싼 차를 누가 빌려 줘요?"

"어쩌다 보니 그렇게 되었습니다. 한데, 어르신께서는 계십니까?"

"네. 올라가 보세요."

"오늘은 손님이 없습니까?"

"혼자 계세요."

"알겠습니다."

선욱은 스포츠카를 구경하느라 정신이 없는 그녀를 뒤로하고 선무도관 위층으로 올라갔다.

"안녕하십니까, 어르신."

"오, 강 군. 어서 오게. 그래, 영화는 잘 찍고 있나?"

"크랭크 인은 들어갔습니다. 하지만 저는 아직 시간이 좀 있습니다."

"그래? 어쨌든 준비 잘 해서 좋은 영화 만들게. 한데, 오늘은 어쩐 일인가? 설마 또 검을 보고 싶어서 온 건 아니겠지?"

"아닙니다. 오늘은……."

"뭔가?"

"여쭤 보고 싶은 것도 있고, 또 가르침을 받기 위해 찾아왔습니다."

"물어보고 가르침을 받는다고? 허허허, 강 군의 입에서 그런 말이 나올 줄은 몰랐군. 그래, 묻고 싶은 건 뭐고 또

배우고 싶은 건 뭔가?"

"실은 얼마 전에 중국 영화 관계자를 만났습니다. 그런데 그들 중에 기를 다루는 자와 다투는 일이 생겼습니다."

"뭐라? 기를 다루는 중국인과 다투었다고?"

"그렇습니다."

"허! 그런 일이…… 도대체 어떻게 된 사연인가?"

선욱은 당시 산장에서 있었던 일을 간략하게 이야기했다.

선욱의 이야기가 끝나자 조종학이 무거운 표정으로 신음성을 삼켰다.

"산서 연가의 후손이라 했다고? 음. 외족들이 이 땅에 들어오다니……"

선욱은 그의 중얼거림을 통해 외족이 기를 다루는 다른 나라의 사람들을 뜻하는 것임을 알 수 있었다.

조종학이 잠시 안색을 굳힌 채 조용히 있다가 입을 열었다.

"중국은 오래전부터 기를 다루는 비가나 문파들이 많이 존재했었네. 예전에는 문파를 이루기도 했지만 근대로 넘어와서는 가문이 그 주체가 되었지. 그리고 현재 중국을 대표하는 가문들은 모두 여섯 곳이네. 산서 연가도 그중 하나이지."

"생각보다 많지는 않군요."

"아닐세. 그건 드러난 곳만 그렇다는 뜻이네. 세상에 알려지지 않은 채 비전만 전해 내려오는 곳을 합치면 수십, 아니 수백 개의 가문이 존재할지도 모르지."

"그렇군요."

"삼합회는 이 여섯 개의 가문들이 힘을 합쳐 만든 곳이네. 가문은 은밀히 숨겨 두고 삼합회라는 조직을 전면에 내세워 중국이라는 나라 전체에 막강한 영향력을 행사하는 게 그들의 방식이지."

"기를 다루는 비가들이 폭력 조직을 결성하다니, 좀 웃기는 이야기군요."

"사실 무(武)라는 게 무엇이겠는가? 법의 테두리 안에서 허용된 합법적인 폭력이 아닌가."

"그렇기도 하군요."

"중국의 육대 비가는 원한을 잘 잊지 않지. 앞으로 산서 연가의 사람들이 다시 강 군을 찾아올지도 모르겠군."

"그들이 저를 찾는단 말입니까?"

"그렇네. 당한 것은 꼭 갚아 줘야 직성이 풀리는 게 그들일세. 만약 당하고도 그냥 넘어간다면 다른 비가들의 업신여김을 당하게 되네."

"흠……."

"너무 두려워하지는 말게. 그들이 중국에서 초법적인 존재들이기는 하지만 우리 대한민국에 와서 함부로 날뛰지는 못하니 말이네."

"전혀 두려워하지 않습니다. 오히려 기대가 됩니다."

"뭐라? 기대가 된다고?"

"그렇습니다. 앞으로 저를 찾아올 자는 그때 싸웠던 녀석보다 더 강하지 않겠습니까? 그리고 그자를 이기면 후에는 더욱 강한 자가 찾아오겠지요. 생각만 해도 흥분이 됩니다."

"강 군, 자네는 정말……. 허허허. 그래. 사내라면 그런 기백이 있어야. 요즘 젊은이들은 그런 게 부족해. 자, 그건 그렇고 배우고 싶다는 건 뭔가?"

"이런 걸 가르쳐 달라는 건 큰 실례인 줄 압니다만……. 우리나라에서는 기를 다루는 방법을 기공이라 하지 않습니까?"

"그렇네. 중국은 내공 심법, 일본은 기법, 그리고 우리는 기공이라 부르지."

"제가 배우고 싶은 건 바로 기공입니다."

"응? 기공을 배우고 싶다고?"

"그렇습니다. 기공은 비밀리에 전승되고 또 외인에게 함부로 전수하지 않는다는 사실은 잘 알고 있습니다. 하지만 제가 아는 수련법과 비가의 수련법을 한번 비교해 보고 싶은 마음에 어려운 부탁을 드리게 되었습니다."

"그게 어려운 부탁이라는 걸 알고는 있군."

"말씀하시기 곤란하다면 그냥 일어나겠습니다."

"허허허, 강 군은 넉살도 좋군. 다짜고짜 기공을 가르쳐 달라고 하니 말이야. 일단 한 가지 확실히 해야 할 게 있네. 우리 가문에서 전승되는 비전은 결코 알려 줄 수 없네. 하지만 자네가 기공을 수련하는 데 있어 어려움을 겪고 있고, 또 거기에 대해 질문할 게 있다면 내 가능한 한 대답해 주도록 하지. 어떤가?"

"그렇게라도 해 주신다면 고맙겠습니다."

"그럼 일단 말해 보게."

"제가 가장 이해할 수 없는 건……. 어떻게 이렇게 마나…… 아니, 기가 이처럼 희박한 세상에서 어르신처럼 깊은 기운을 쌓을 수 있냐는 겁니다."

"그야 기공을 수련했으니 그렇지. 기공은 대자연에 존재하는 기를 받아들여 단전에 쌓도록 만들어 주니 말일세."

"그건 저도 알고 있습니다. 하지만 기공이 얼마나 효율적이기에 그토록 깊은 기를 얻을 수 있냐는 겁니다."

"음. 그걸 이해하려면 기공의 수련법에 대해 이야기해야 하는데, 그건 비전이라 함부로 입을 열 수가 없네."

선욱이 잠시 고민하더니 입을 열었다.

"그럼 제가 배운 기공에 대해 말씀드리겠습니다. 어르신께서 들어 보시고 문제점에 대해 지적해 주십시오."

"아니, 잠깐. 강 군이 배운 기공법을 지금 내게 말하겠다는 것인가?"

"그렇습니다."

"허! 그건 함부로 말할 성질의 것이 아닐 텐데?"

"어차피 지금 제가 아는 수련법으로는 한계가 있습니다. 차라리 어르신께 말씀드리고 도움을 얻는 게 좋을 것이라 판단했습니다."

"음. 알겠네. 강 군의 뜻이 그렇다면 말해 보게. 대신 내, 약속하겠네. 강 군에게 들은 수련법에 대해서는 아무에게도 말하지 않겠네."

"그런 약속을 해 주시니 저로서는 고마울 따름입니다. 그럼 제가 아는 수련법에 대해 말씀드리겠습니다. 자연의 기를 받아들이는 방법은 일단 호흡부터 시작합니다. 호흡을 통해 들어온 기를……."

선욱은 자신이 아는 마나 수련법을 숨기지 않고 이야기했고, 조종학은 진지한 표정으로 들었다.

"……그렇게 해서 아랫배에 위치한 마나홀…… 아니, 단전이라는 곳에 기를 저장하게 되는 겁니다."

선욱의 말이 끝났지만 조종학은 여전히 경청하는 자세를 유지하고 있었다.

하지만 시간이 흘러도 선욱이 아무 말도 하지 않자 조종학이 의아한 표정을 지었다.

"왜 이야기를 하다가 마는가?"

"예? 다 했는데요?"

"뭐라? 다 했다고?"

조종학이 믿기 어렵다는 표정을 지었다.

"강 군, 지금 장난치는 건 아니겠지?"

"그럴 리가 있습니까? 제가 왜 어르신께 장난이나 거짓을 말하겠습니까?"

"그렇다면 지금까지 말한 게 강 군이 아는 기공법의 전부란 말인가?"

"그렇습니다."

조종학은 어이가 없다는 표정으로 고개를 절레절레 흔들었다.

"도대체 자네에게 수련법을 전수해 준 사기꾼은 누군가?"

"사, 사기꾼이라니요?"

"기공에 대해 수박 겉핥기식으로 가르쳐 주고 말았으니 사기꾼이 아니고 뭐란 말인가?"

"그렇다면 제가 익힌 기공이 형편없다는 뜻입니까?"

"형편없다는 뜻이 아니네. 가르쳐 주다가 말았으니 하는 말일세."

"이해가 되지 않습니다."

"그 말은 내가 하고 싶군. 도대체 그런 수련법으로 어떻게 단전을 만들고, 또 기를 운용하고 있단 말인가?"

"그건 어르신이 주신 비전 단약 덕분이었습니다."

"하긴······. 그 단약이 아니었으면 강 군은 적어도 사, 오 년은 수련을 해야 겨우 단전을 만들었을 것이네."

선욱은 조종학의 말이 틀리지 않다고 생각했다. 예전에는 아무리 기가 희박해도 육체 수련을 병행하면 1, 2년 안에 마나홀을 만들고, 또 전생의 실력을 어느 정도는 발휘할 수 있으리라 여겼다. 하지만 최근에 들어와 계속 마나 수련을 해 본 결과, 그게 그렇게 만만하지 않다는 사실을 깨달았다.

"잘 듣게. 지금 강 군이 알고 있는 기공법은 시중에 있는 도술 책에도 나와 있는 수준이네."

"예?"

선욱은 믿을 수 없다는 표정을 지었다.

지욘프리드로 살아가던 세상에서는 자신의 마나 수련법이 세상에서 제법 알아주던 것이었다. 그래서 많은 제자들이 그 수련법을 전수받으려고 온갖 노력을 다했었다.

그런데 지금 이 세상에서 그 수련법은 서점에 파는 책에도 나와 있는 수준이라 하지 않는가.

그건 전생에서 마법에 대한 기초 수련법이 책으로 돌아다니던 상황과 다름이 없었다.

마법사가 되기 위해 책을 사서 배우면 평생을 노력해도

겨우 1써클에 입문할 수 있을까 말까 할 정도다. 진짜 마법은 제대로 된 스승 밑에서 비전 기술을 배워야 하는 것이다.

"어르신, 제가 모르는 부분이 무엇입니까?"

"거기에 대해 말하기 전에 강 군에게 묻고 싶은 게 있네. 강 군은 인체에 대해 얼마나 아나?"

"기본적인 인체 해부도 정도는 기억하고 있습니다."

"허허허……."

조종학이 너털웃음을 터뜨렸다.

"왜 웃으시는지……?"

"기공을 익힌 사람의 입에서 나온 대답이라고는 믿기지 않아서 그렇다네."

"……."

조종학이 몸을 일으키더니 책장으로 갔다.

그곳에는 많은 책들이 있었는데, 그중 제법 큼직하고 얇은 책 한 권을 뽑아 왔다.

"이걸 한번 보게."

그가 책을 펼쳤다.

선욱의 눈에 인체 해부도가 들어왔다.

그런데 병원에 가면 볼 수 있는 여느 인체 해부도와는 달랐다. 굵고 가느다란 선들이 온몸에 그려져 있고, 크고 작은 점들이 헤아릴 수 없을 정도로 많이 찍혀 있을 뿐 아니라 깨알처럼 작은 글이 그 점 옆에 쓰여 있었다.

"이, 이건……."

"인체에 존재하는 주요 경맥과 경락, 그리고 혈도를 표시해 둔 그림일세. 주로 한의사가 되기 위해 공부하는 학생들이 많이 보지."

선욱은 자신의 눈을 비볐다.

"이 많은 경로가 모두 기가 움직이는 통로란 말입니까?"

"그렇네. 자네가 조금 전에 말한 수련법은 여기부터 시작해서 이렇게 한 바퀴 빙글 돌아 끝나는 것이네. 그런 식으로 기공을 익히게 되면 애써 몸에 받아들인 대자연의 기가 다시 호흡이나 숨구멍을 통해 외부로 빠져나가 버린다네. 그야말로 열을 받아들여서 아홉을 내보내는 격이지."

"그럼 어르신이 익히고 있는 기공법은 어떻습니까?"

"자세한 설명을 해 줄 수는 없지만 상당히 복잡한 경로를 따라 움직이네. 그렇게 하면 받아들인 기의 일고여덟은 단전에 저장할 수 있다네."

"아!"

선욱이 탄성을 내뱉었다. 이처럼 기가 희박한 세상에서 어떻게 엑스퍼트급 실력자들이 나올 수 있는지 의아했는데, 그 이유가 분명히 있었던 것이다.

만약 조종학의 말이 사실이라면, 이 세상의 기공법을 가지고 지욘프리드의 세상으로 가면 단기간 내에 어마어 마한 양의 마나를 얻을 수 있을 것이다.

그러고 보면 지욘프리드가 살았던 세상은 마나가 흘러 넘치는 축복받은 땅이었다고 해도 과언이 아니다.

"그런데 이 점들은 침을 놓는 혈 자리가 아닙니까? 이 혈 자리도 기의 운용과 관계가 있습니까?"

"당연하지. 어떻게 보면 가장 중요한 게 바로 혈도네. 단전이 거대한 기의 바다이고 기운을 운용할 때에는 그 바다에서 물을 끌어다 쓰는 것이라 가정하세. 그런데 바다에서 멀리 있는 곳까지 물을 끌어들이려면 얼마나 힘들 겠나? 중간에 유실되는 것도 많고 말일세. 그럴 경우 곳 곳에 저수지 같은 것이라도 만들어 놓으면 얼마나 편하겠 는가. 기의 유실 없이 원하는 곳까지 보내고, 또 받을 수 있으니 말이네."

선욱은 놀랍다는 표정으로 고개를 끄덕였다.

물론 전생의 지욘프리드도 혈도에 대해 알았다. 하지만 그가 아는 건 마나의 운용이라는 관점이 아니라 적을 효과적으로 쓰러뜨리기 위한 급소로서 이해했다.

혈도가 있는 자리에 약간의 충격만 가해도 효과적으로 적을 죽이거나 제압할 수 있기 때문이다.

그런데 지금 이 세상에서는 그 급소라는 게 인체에 무

수히 많이 있고, 또 마나를 운용하는 데 있어 인체의 주요 기착점으로서의 역할을 한다는 것이다.

"기공을 익힌다는 건 단순히 대자연의 기를 받아들여 단전에 쌓는다는 의미가 아니네. 온몸의 경맥과 혈도를 단련함으로써 인체와 내기가 유기적으로 움직일 수 있도록 만드는 것이네."

"아! 그렇군요……."

선욱은 진심으로 감탄을 금치 못했다.

이 세상의 기공이라는 건 지욘프리드가 살던 세상의 것과는 아예 차원을 달리하는 것이었다.

'만약 이곳의 기공 수련법을 가지고 나의 세상으로 간다면 드래곤과 겨뤄 보는 게 가능할지도…….'

그랜드 마스터가 된 이후 처음으로 패배를 안겨 준 유일무이한 존재인 골드 드래곤 엘리시온.

지욘프리드는 천생 전사였다. 지금 이 순간에도 그와 싸우는 모습을 머릿속에 그리고 있으니 말이다.

"강 군, 뭘 그렇게 골똘히 생각하는가?"

"예? 아, 아닙니다."

"허허허, 어렵지?"

"상상하기 어려울 정도로 어렵고 놀랍습니다."

"지금 강 군이 익히고 있는 수련법으로는 꽤 오랜 세월이 걸려야 간신히 기검을 펼칠 수 있을 것이네."

"도와주십시오, 어르신. 어떻게 하면 되겠습니까?"

"흠! 도와 달라……. 이거 참 난감하군. 그건 우리 가문의 비전을 가르쳐 달라는 것과 다름없으니 말이네."

"그렇……습니까?"

조종학이 잠시 생각하더니 입을 열었다.

"두 가지 방법이 있네. 하나는 나의 마지막 제자가 되는 것이네. 그럼 자네에게 가문의 비전 대부분을 가르쳐 주겠네. 물론 아주 핵심이 되는 몇몇 부분은 가르쳐 줄 수 없네. 그건 가족에게만 전수할 수 있네. 그리고 두 번째 방법은 스스로 길을 찾아 단련하는 것이네."

지욘프리드는 제자를 가르쳤으면 가르쳤지 스승을 모시고 배울 사람은 아니다. 더구나 자신보다 나이가 많지도 않은 사람에게 말이다.

"두 번째 방법에 대해 말씀해 주십시오."

조종학이 고개를 절레절레 흔들었다.

"역시 자네는 내 짐작대로 두 번째를 선택했군. 내 제자가 되는 게 그렇게 싫은가?"

"싫다는 게 아닙니다."

"그럼 이유가 뭔가? 강 군이라면 언제라도 제자로 받아들일 의사가 있네."

"죄송하지만 전 스스로 개척해 나가는 것을 좋아합니다."

"스스로 대종사가 되겠다? 쉽지 않은 일이지. 오랜 과거에 그런 인물들이 있기는 했지만 지금의 세상에서는 참으로 어려운 일이지."

"어쨌든 두 번째 방법을 부탁드립니다."

조종학은 아쉬움의 입맛을 다시더니 다시 입을 열었다.

"스스로 길을 찾는 방법은 간단하네. 부딪쳐서 깨져 보고 배우는 것이네."

선욱이 미소를 씩 지었다.

"제가 가장 좋아하는 방식이군요."

"허허허, 가까운 길을 두고 힘든 길을 멀리 돌아가겠다는 강 군의 투지만큼은 높이 사지."

"어떤 식으로 수련을 하면 됩니까?"

"일단 인체에 대해 공부를 하게. 자신의 몸에 대해서 알지 못하고서는 시작조차 할 수 없네. 인체에 대해 알게 되면 경맥과 혈도로 꾸준히 내기를 보냈다가 받아들이기를 반복하게. 그런 과정을 계속해서 거치게 되면 자연스럽게 경맥과 혈도가 튼튼해지는 효과를 얻을 수 있네."

"그렇게만 반복하면 됩니까?"

"내기를 마음먹은 대로 움직이는 게 얼마나 어려운데 그런 소리를 하는가? 내기라는 것은……."

"마음과 의지에 따라 움직이죠. 거기에 대해서는 누구보다 잘할 자신이 있습니다."

"음. 강 군은 참으로 신비로운 구석이 있는 사람일세.

반쪽짜리 기공을 배웠으면서도 검술이나 기에 대한 이해도는 나와 별 차이가 없는 것 같으니 말이네."

선욱은 내심 '오히려 한참 더 위야!' 라고 외쳤지만 겉으로는 겸손했다.

"아직 많이 부족합니다."

"사실 기를 느끼고 움직이는 데에는 자질이 있어야 하지. 아마 자네는 그쪽으로 타고난 모양이네."

"어려서부터 그런 소리를 많이 들었습니다."

"기를 움직이고 통제하는 게 어렵지, 그것만 제대로 할 수 있다면 기공을 수련하는 건 훨씬 쉽다네. 자네의 기감이 그토록 뛰어나다면 새로운 길을 열어 자신만의 기공을 만든 일대종사가 될지도 모르겠군."

"과찬이십니다. 한데, 그렇게만 수련하면 기를 효과적으로 모을 수 있습니까?"

"경맥과 혈도가 튼튼해지면 받아들인 기가 외부로 빠져나가는 양도 훨씬 적어지니 당연히 많은 기를 모을 수 있네. 하지만 거기에도 특별한 방식이 있네. 어느 경맥을 어떤 식으로 거치느냐에 따라 효율성이 달라지니 말일세."

"그게 바로 가문의 비전이겠군요."

"그렇네. 거기에 대해서는 내가 가르쳐 줄 수 없네. 미안하군."

"아닙니다. 지금 배운 것만으로도 충분합니다. 마치 신천지를 본 것 같습니다. 고맙습니다, 어르신."

"허허허, 자네에게 도움이 되었다니 다행이네."

"그럼 이만 가 보겠습니다. 다음에 또 찾아뵐죠."

"자주 찾아오게. 궁금한 점이 있으면 언제든 물어보고."

"그렇게 하겠습니다. 그럼!"

선욱은 그에게 작별을 고한 후, 밖으로 나왔다.

1층에 있던 조현경이 선욱을 보고 '어!' 하는 표정을 지었다.

싱글벙글거리는 선욱의 얼굴은 처음 보았기 때문이다.

"무슨 좋은 일이라도 있으셨어요?"

"예? 아, 아닙니다."

선욱이 다시 안색을 굳혔다.

'으으, 바보같이 해실거리는 모습을 보이다니…….'

"무슨 일이세요?"

"어르신께 좋은 가르침을 많이 받았습니다. 그래서 저도 모르게 그만……."

"방금 그 모습이 훨씬 보기 좋아요."

"예?"

"웃는 모습이요. 선욱 씨에게는 밝은 얼굴이 잘 어울리는 것 같아요. 앞으로 자주 웃으세요."

"노력해 보겠습니다. 그럼 이만."

"네, 안녕히 가세요."

선욱은 도망치듯 밖으로 나갔다.

심호흡을 크게 한 선욱은 하늘을 올려다보며 주먹을 불끈 쥐었다.

새로운 도전이 기다리고 있었다.

그리고 도전은 그가 가장 좋아하는 것이다.

'두고 봐라. 나만의 마나 연공법을 찾고야 말 테니. 힘내자!'

선욱은 곧바로 차에 올랐다.

우르르릉!

묵직한 배기음을 남기고 선욱이 탄 스포츠카는 대로를 질주했다.

5장

노처녀의 짝사랑

선무도관을 떠난 선욱은 곧바로 서점에 들렀다.

선욱은 그곳에서 경락과 혈도가 표기된 커다란 인체도와 관련된 서적을 샀다. 그리고 조종학이 말한 도술에 관련된 책들도 몇 권 샀다.

집으로 돌아온 선욱은 우선 인체도를 벽에 붙여 놓고 하염없이 들여다보았다.

인체에 대해 아는 게 무엇보다 중요하다는 사실을 스스로도 깨달았던 것이다.

선욱의 집중력은 놀라웠다.

전생의 지욘프리드는 검술을 익히다가 뭔가 막히는 부분이 있으면 그걸 풀어내기 전에는 몇 날 며칠이고 먹지도, 자지도 않았다.

지금의 선욱도 그랬다.

어머니가 밥 먹으라고 몇 번이나 외쳤지만, 선욱의 귀에는 전혀 들리지 않았다.

결국 방문이 벌컥 열리더니 어머니가 들어왔다.

"선욱아! 뭘 하고……. 선욱아!"

어머니가 선욱의 어깨를 잡고 흔들었다.

하지만 선욱은 여전히 인체도만 바라보고 있을 뿐이다.

"선욱아!"

철썩!

"윽!"

선욱이 오만상을 다 찌푸리며 고개를 돌렸다.

어머니가 선욱의 등을 때렸던 것이다.

"너 괜찮니?"

"물론입니다. 그런데 왜……?"

"난 네가 정신이 나간 줄 알았다. 그런데…… 너 한의사 되려고 공부하는 거니?"

"아닙니다. 그냥……."

"세상에! 네가 그렇게 집중하는 건 처음 봤다. 방에 들어와서 계속 이러고 앉아 있었던 거야?"

"예. 그런데, 무슨 일입니까?"

"밥 먹어야지."

"밥요? 시간이……. 아! 벌써 어두워졌군요."

"그래. 너 여기서 다섯 시간이나 앉아 있었어."

"그랬군요. 어쩐지 몸이 좀 찌뿌듯하네요."

"밥 먹고 나가서 운동이라도 좀 해."

"알겠습니다."

선욱은 어머니와 함께 식탁으로 가서 밥을 먹었다. 그러고는 다시 방에 들어와 인체도 앞에 앉았다. 이내 무서운 집중력을 발휘해 인체도를 쳐다보았다.

선욱은 의식적으로 인체도를 외우려 하지 않았다. 그는 단지 인체도 전체를 뚫어져라 쳐다보고 있을 뿐이다.

머릿속에 인체도를 사진처럼 찍어서 집어넣기 위해서다.

이건 지욘프리드가 사물을 보고 이해하는 방식이었다.

지욘프리드는 이 방법을 통해 많은 것을 배우고 이해했다. 그가 검술을 익힌 것도 이 방법을 통해서다.

끊임없는 관찰을 통해 강한 상대의 검술을 이해했고, 또 그 검술이 지닌 약점과 장점을 파악해 자신의 것으로 만들었다.

그리고 지금 같은 방식으로 인체도를 바라보고 있었다.

선욱은 밤이 꼬박 새도록 그 자리에서 움직이지 않았다.

밤새도록 켜 놓은 불 때문에 잠을 설친 선민이 결국 더 이상 참지 못하고 베개를 던지지 않았다면, 선욱은 그 자리에서 목석이 되어 버렸을지도 몰랐다.

"형! 뭐야아!"

"음. 벌써 아침이로군."

"갑자기 한의대로 전과하려고 작정이라도 한 거야?"

선욱은 동생의 말을 듣지 못한 것처럼 기지개를 켜며 몸을 일으켰다.

"가자. 약수터에."

"쳇! 형 때문에 잠도 제대로 못 잤단 말이야."

"다 큰 녀석이 어리광은…… 일어나라. 민경이라는 계집애를 만나러 가야지?"

선민은 입을 삐죽이면서도 민경을 만나야 한다는 선욱의 말에 몸을 일으켰다.

선민은 재빨리 옷을 갈아입은 후 선영의 방으로 가더니 방문을 두드렸다.

꽝꽝꽝!

"일어나! 몇 신데 아직 자고 있는 거야!"

"으응? 벌써 아침이야?"

잠에 취한 목소리가 들리더니 잠시 후, 선영이 부스스한 얼굴에 추리닝 차림으로 나왔다.

선영은 선욱을 보더니 '어!' 하는 표정을 지었다.

"우리 큰오빠 일어났네?"

"히유! 말도 마라. 형은 밤새 앉아서 그림만 쳐다보고 있었다."

"밤새도록? 큰오빠, 도대체 왜 그랬어? 무슨 일이야?"

선욱이 잠시 생각하더니 대답했다.

"영화에서 필요한 거다. 그래서 다 외워야 했다."

그때서야 두 동생들이 고개를 끄덕였다.

"그랬구나."

"어서 약수터나 가자."

선욱은 두 동생들과 함께 산으로 갔다.

오늘도 변함없이 민경과 그녀의 이모 신수지가 왔다.

선영과 민경은 수다를 떨었고, 선민은 민경이 곁에 붙어서 싱글벙글거렸다.

선욱은 헬스 기구장에서 열심히 운동을 했는데, 신수지가 따라와 가까운 곳에 앉아서는 선욱의 모습을 물끄러미 지켜보았다.

한동안 열심히 운동을 하던 선욱은 신수지의 시선이 다소 부담스러워 벤치프레스를 놓고 몸을 일으켰다. 그러자 신수지가 재빨리 다가와 수건을 내밀었다.

수건을 받아 든 선욱이 의아한 표정을 지었다.

신수지가 겸연쩍은 표정으로 웃더니 말했다.

"그냥 선욱 씨가 얼마나 운동을 열심히 하는지 보고 싶어서요."

"음. 원래 운동하는 사람을 그렇게 쳐다보는 건 실롑니다."

"어머. 그런가요? 미안해요."

"수건은 고맙습니다. 한데, 오늘은 출근 안 하십니까?"

"그야 당연히 해야죠. 그런데 선욱 씨는 오늘 뭐 해요?"

"집에 가서 대역 연기 연습해야 합니다."

"저녁에는 뭐 해요?"

"별일 없습니다만…… 무슨 일 때문에 그러십니까?"

"밥이라도 먹을까 해서요."

"갑자기 웬 밥입니까?"

"밥 먹는 데 이유가 있어요? 세상 사는 이야기하면서 맛있는 음식도 먹고…… 뭐 그런 거죠."

선욱이 고개를 살짝 기울였다.

'수지 씨가 왜 나와 밥을 먹자고 하는 거지?'

신수지가 다시 입을 열었다.

"제가 맛있는 일식집을 알고 있어요. 아주 유명한 곳인데, 거기 초밥이 끝내줘요."

"음……."

"안 가실래요? 오늘 저녁은 제가 살 건데."

"혹시 오늘 무슨 날입니까?"

"아뇨. 그냥…… 영화 이야기도 하고, 제가 생각하고

있는 마케팅 방향에 대해 조언도 받고 싶고……. 그래서
죠."

선욱은 여자라는 존재를 별로 좋아하지도, 신뢰하지도
않았다. 하지만 신수지만큼은 어느 정도 괜찮은 사람이라
고 인정했고, 약간의 호감도 있었다. 공과 사를 뚜렷이 구
분하는 그녀의 성격이 마음에 들었기 때문이다.

하지만 그렇다고 해서 그녀가 여자로 보이는 건 아니었
다.

선욱이 느끼는 건 순수한 인간적인 감정일 뿐이었다.

마침내 선욱이 고개를 끄덕였다.

"알겠습니다. 그렇게 하죠. 그렇지 않아도 영화에 대해
여쭤 볼 것도 있으니까요."

선욱의 대답에 신수지의 얼굴이 환하게 밝아졌다.

그렇지 않아도 예쁜 그녀의 얼굴이 더욱 아름다워 보인
다.

"어머! 그럼 같이 밥 먹는 거예요? 호호호."

박수를 치며 좋아하는 그녀의 모습에 선욱은 어깨를 으
쓱이며 생각했다.

'밥 먹는 게 그렇게 좋아할 일인가? 이해할 수 없군.'

선욱이 그녀에게 물었다.

"몇 시에 어디로 모시러 갈까요?"

"네? 모시러 온다니요?"

"숙녀를 모시러 가는 건 당연한 일 아닙니까?"

"수, 숙녀라고요?"

신수지의 얼굴이 빨갛게 변했다.

갑자기 숙녀라는 말을 들으니 몸이 허공에 붕 뜨는 것 같은 황홀감이 느껴졌던 것이다.

"그, 그럼 저녁 7시에 충무로에 있는 대한빌딩 앞으로 오세요. 거기서 만나죠."

"알겠습니다. 그때 뵙겠습니다."

"그럼 나중에 봐요. 전 출근해야 해서."

"여기 수건은……?"

"그냥 선욱 씨가 쓰세요."

신수지는 선욱에게 손을 흔든 후, 헬스 기구장을 떠났다.

집에 돌아온 선욱은 어머니에게 영화 때문에 공부를 해야 하니 조용히 내버려 두라고 부탁한 후, 방문을 걸어 잠갔다.

선욱은 책상에 앉아 어제 서점에서 사 온 책들을 가지런히 놓았다.

"인체도는 이제 모두 외웠으니 책을 봐야겠군."

선욱은 우선 도술과 관련된 책을 펼쳤다.

한동안 깊은 집중력으로 책장을 넘기던 선욱이 한숨을

내쉬며 고개를 들었다.

깊은 탄식 소리가 그의 입에서 새어 나왔다.

"휴우! 사실이었구나. 내가 아는 마나 연공법은 여기다 나와 있는 수준이야."

선욱이 고개를 절레절레 흔들었다.

기공을 배우다 말았고, 선욱이 알고 있는 마나 수련법은 시중에 있는 도술책에 다 나와 있다고 했던 조종학의 말이 옳았던 것이다.

"내가 알던 마나 수련법이 이렇게 하찮은 것이었다니……."

선욱으로서는 충격적인 사실이 아닐 수 없었다.

잠시 충격에 빠져서 멍한 표정으로 앉아 있던 선욱이 아랫입술을 질끈 깨물었다.

"일단 이 세상의 마나 연공법 기초에 대해 알아보자."

선욱은 곧바로 다시 책에 빠져들었다.

점심도 거른 채, 선욱은 그 자리에 앉아 꼼작도 하지 않고 책을 읽었고, 마침내 도술에 관련된 책들을 모두 독파했다.

마지막 책장을 넘긴 후, 선욱이 허리를 폈다.

그의 얼굴에 만족스럽다는 표정이 떠올랐다.

"마나 연공법 기초는 내가 살던 세상이나 이 세상이나 별로 다르지 않구나. 다만 이 세상의 마나 연공법은 좀 더

세부적이고 효율적이야."

지욘프리드가 익힌 마나 연공법이 지금의 세상에서 하찮은 것이기는 했지만, 그의 마나에 대한 이해도나 친화력만큼은 누구보다 깊었다.

따라서 도술서 몇 권을 독파하고 나자 지금 세상의 마나 연공법이 어떤 기초 위에서 만들어졌는지 충분히 이해할 수 있었다.

"기초 원리만 확실히 이해하면 나머지는 모두 곁가지에 불과할 따름이다. 시간이 좀 걸리기는 하겠지만, 새로운 마나 운용 통로를 찾아 효율적인 연공법을 개발할 수 있겠어."

선욱의 얼굴에 희미한 미소가 떠올랐다.

"이번에는 다른 책들을 살펴봐야겠군."

선욱은 한의학에 관련된 책을 펼쳤다.

책장을 몇 장 넘기지도 않았는데, 선욱이 미간을 찌푸렸다. 책의 내용이 너무 난해했기 때문이다.

"음. 이건 너무 어렵군. 하지만 그렇다고 해서 물러날 내가 아니지. 정 안 되면 책을 통째로 외워 버리면 될 일이다."

무슨 일을 하든 중간에 포기한 적이 없었던 지욘프리드다. 그리고 힘들거나 어려운 장애물이 눈앞에 있으면 그걸 허물고 깨부수는 데에서 통쾌함을 느끼는 사람이 그였다.

선욱이 주먹을 불끈 쥐더니 책을 읽어 나가기 시작했다.

그렇게 대략 3, 4시간이 흘렀다.

마침내 책 한 권을 독파한 선욱은 고개를 뒤로 젖혔다.

온몸이 뻐근하고 정신이 가물거렸다.

방 한가운데 정좌를 하고 앉아 마나를 순환시키자 피로가 어느 정도 가셨다.

선욱은 자신이 읽은 책을 집어 들고는 쓰다듬었다. 마치 귀한 보물이라도 되는 듯 말이다.

사실 선욱에게 그 책은 보물이나 마찬가지였다.

신천지가 펼쳐져 있었기 때문이다.

"경맥과 혈도, 그리고 인체가 이렇게 오묘하게 이루어져 있다니……. 마법사들이 이 책을 봤다면 입에 거품을 물지도 모르겠군."

선욱은 많은 양의 공부가 필요함을 느꼈다. 우선 혈도와 경맥의 종류와 위치, 그리고 인체와 상호작용하는 관계에 대한 지식이 필요했다.

경맥과 혈도를 단련하고, 마나홀에 마나를 쌓는 건 그 후의 일이었다.

선욱이 다시 책을 펼치려다가 문득 시계를 쳐다보았다.

어느덧 약속 시간이 가까워 오고 있었다.

"음. 아십군. 하지만 약속은 약속이니……."

지온프리드는 한 번 한 약속에 대해서는 지키지 않은 적이 없었다. 적어도 검을 익힌 기사라면 당연히 그래야 한다는 신념이 있었다.

"슬슬 준비해야겠구나. 마나 연공법을 만드는 일은 서두른다고 해서 될 것도 아니니."

선욱이 책을 덮고는 외출복으로 갈아입기 시작했다.

❖   ❖   ❖

충무로 대한빌딩 7층에 있는 JK기획의 사무실.

"흐흠! 흐흐흐흠."

신수지가 콧노래를 흥얼거리며 책상 앞에 앉아 시계만 쳐다보고 있었다.

그녀의 앞에는 다섯 개의 책상들이 있었고, 그곳에는 광고 기획안을 만들거나 검토하느라 바쁜 직원들이 앉아 있다.

신수지 바로 앞쪽에 앉아 있는 30대 초반의 여직원이 그녀를 향해 고개를 돌렸다.

"차장님, 무슨 좋은 일이 있으신가 봐요?"

"응? 그게 무슨 말이야, 양 과장?"

"아침부터 계속 콧노래를 부르고 계셨잖아요."

"내, 내가 그랬나?"

"네. 무슨 일이세요? 혹시 선이라도 보세요?"

신수지가 뾰족한 목소리로 소리쳤다.

"선이라니! 내가 선이나 봐야 남자를 만날 수 있는 그런 여자로 보여?"

양 과장이라 불린 여직원이 자라목을 했다.

"아, 아니시면 말구요. 그런데 무슨 일이세요?"

신수지가 묘한 미소를 지으며 말했다.

"오늘 중요한 약속이 있어."

"약속요? 일 약속이라면 차장님이 콧노래까지 부르면서 기다리진 않으실 텐데……. 혹시 남자 만나세요?"

"그래."

"이번엔 누구예요? 얼마 전에 데이트했다는 그 한의사? 아니면 하루를 멀다 하고 선물 공세를 펴는 변호사가요?"

"그 남자들 정리 다 했어. 내가 차 버렸거든?"

"네? 세상에! 차장님은 눈이 너무 높으셔서 탈이에요."

"내가 무슨 눈이 높아! 그러는 양 과장이 나보다 눈이 더 높잖아. 지난 일 년 동안 매일 꽃을 보내는 한국증권의 김 팀장이 무슨 죄가 있다고 그렇게 애를 태워? 그리고 명품 가방을 선물했다는 닥터 문에게는 왜 그렇게 쌀쌀맞게 대해? 내가 더 말해 볼까?"

"아니에요. 그만두세요."

양 과장이 입을 삐죽거렸다.

그녀의 이름은 양미선이다.

모든 면에서 신수지에 비견될 만한 외모와 지성, 그리고 실력을 갖추었다.

나이도 신수지에 비해 두 살밖에 적지 않았고, 상황에 따라서는 언제든 신수지의 지위를 차지할 수 있는 직장 내 경쟁자가 바로 그녀다.

양미선의 남성편력은 화려했다. 능력도 있고 인물도 받쳐 주니 그녀 앞에는 능력 있는 남자들이 줄을 섰다.

양미선은 많은 남자들을 만나면서 그들의 애태우는 게 특기였다. 그리고 그걸 은근히 즐겼다.

그런 양미선에게 넘기 어려운 벽이 있었다.

그 벽은 바로 신수지다.

신수지는 그녀가 입사한 후부터 항상 위에 있었다.

광고계는 나이나 입사순으로 지위나 직급이 정해지는 게 아니다. 능력만 있으면 훨씬 어린 사람이라도 팀장이 될 수 있다.

양미선은 일류대를 졸업한 재원이었고, 어느 광고 회사를 가든 자신이 팀장이 되리라 자부하던 사람이었다.

하지만 그런 그녀를 언제나 막아서는 사람이 있었으니, 그 사람이 바로 신수지였다.

양미선에게는 다른 광고 회사에서 스카웃 제의도 많이 들어왔었다. 최근에는 신수지와 동급인 차장 대우에 억대 연봉까지 주겠다는 기획사의 제의도 있었다.

하지만 그녀는 거기에 응하지 않았다. 그건 신수지와의 경쟁에서 패배를 의미했다. 그녀에게는 끝까지 남아서 신수지라는 사람을 넘어서야겠다는 목표가 있었고, 꼭 이룰 생각이었다.

그래서인지 양미선의 시선은 항상 신수지를 향해 있었다.

그녀가 일을 처리하는 방식, 그리고 마케팅 컨셉을 잡는 방법 같은 공적인 부분에서 시작해 사용하는 화장품, 입는 옷, 그리고 타고 다니는 차와 만나는 남자에 이르기까지 거의 스토킹 수준으로 신수지의 모든 것을 캐냈다.

양미선이 지금까지 지켜본 신수지에게는 장점도 많았지만 허점도 꽤 있었다. 덤벙대는 성격 때문에 중요한 기획안을 흘리고 다니거나, 심지어 브리핑 약속 시간을 깜빡 잊어 상사의 애간장을 태우기도 했다.

푼수기가 다분하다는 말이다.

그에 반해 양미선은 꼼꼼한 성격이었다.

그녀는 정확하고 철두철미했다.

무슨 일을 시키든 정확하게 해냈고, 거기에는 한 치의 오차도 없었다.

오죽하면 신수지는 그녀가 올리는 결재 서류를 제대로

살펴보지도 않고 도장을 찍어 위에 넘길 정도다.

그럼에도 불구하고 JK기획의 사장은 항상 신수지를 높이 평가했다. 그녀가 지닌 창의성과 고객을 사로잡고 납득시키는 프레젠테이션 능력 때문이다.

그리고 그건 양미선이 유일하게 패배를 인정하는 부분이었다.

양미선은 그동안 프레젠테이션 능력을 높이기 위해 꾸준히 연습을 하고 있었다. 하지만 그 부분에 있어서만큼은 여전히 신수지가 조금 우위였다.

'언젠가는 반드시 프레젠테이션 능력을 더욱 길러서 그녀를 따라잡고 만다!'

양미선은 강한 집념으로 내심 칼을 갈고 있었다.

그런데 오늘 기이한 것을 보게 되었다.

신수지가 아침부터 콧노래를 흥얼거리더니 퇴근 시간이 가까워 오자 시계만 쳐다보는 게 아닌가.

이유를 물어보니 남자를 만난다고 한다.

양미선은 고개를 갸웃거릴 수밖에 없었다.

그녀는 그동안 신수지에게 대시하는 능력 있고 잘생긴 남자들을 적지 않게 보아 왔다. 하지만 단 한 번도 데이트 시간을 기다리며 안달하는 신수지의 모습을 본 적이 없었다.

'정말 좋아하는 남자가 생겼나?'

양미선은 궁금해서 미칠 것 같았다.

도대체 어떤 남자이기에 신수지가 저렇게 안달하는지 보고 싶었다.

마침내 퇴근 시간이 되었다.

"자! 모두들 퇴근하세요!"

"예. 수고하셨습니다, 차장님."

"데이트 잘 하세요, 차장님."

직원들이 그녀에게 인사를 건넨 후, 모두들 사무실을 나갔다.

하지만 양미선은 여전히 컴퓨터 화면을 붙들고 있었다.

"양 과장은 퇴근 안 해?"

"전 조금 더 있다가 가려구요. 차장님은 언제 나가세요?"

"아직 약속 시간이 조금 남았어. 잠깐 화장실 다녀올게."

신수지는 화장실에 갔다가 한참 지난 후에 나왔다.

양미선이 그녀를 보고 두 눈을 휘둥그레 떴다.

"차장님."

신수지가 다소 겸연쩍은 표정을 지었다.

"응? 왜 그래……?"

"오늘따라 화장과 옷이……."

"그래도 명색이 데이튼데 예의는 지켜야겠지?"

"그래도 지금까지 그렇게까지 화장을 짙게 하고 데이트 가신 적은 없잖아요. 게다가 그렇게 짧은 치마라니……."

"험험. 양 과장, 일은 아직 안 끝났어?"

"예? 아, 거의 다 했어요."

"그래? 그럼 난 먼저 갈게."

"저도 막 나갈 참이었으니까 함께 가요."

"하, 함께?"

"네. 왜 그렇게 당황하세요?"

"아냐……."

신수지가 난감하다는 표정을 지었다.

그러자 양미선은 더욱 호기심을 느꼈다.

'도대체 어떤 남자이기에 내게 보여 주지도 않으려는 걸까?'

그녀가 의미심장한 미소를 짓더니 말했다.

"그럼 먼저 일어나세요. 전 뒷정리하고 갈게요."

"그래. 그럼 내일 봐."

신수지는 도망치듯 사무실을 나갔다.

그녀가 사무실을 나가자마자 양미선도 재빨리 짐을 챙겨서 그녀의 뒤를 따라 나갔다.

엘리베이터를 타고 1층 로비로 내려온 신수지는 주위를 두리번거렸다. 아직 선욱은 보이지 않았다.

'아직 시간이 조금 남았네. 내가 너무 일찍 나왔나……. 그나저나 양 과장 고 여우는 왜 자꾸 내 데이트 상대에 관심을 갖는 거야? 어휴. 오늘은 들키면 안 되는데. 선욱 씨가 한참 연하인 걸 알면 뭐라고 떠들고 다닐지…….'

그때, 뒤에서 양미선의 목소리가 들려왔다.

"차장님, 아직 안 가셨어요?"

"응? 벌써 나왔어? 먼저 가."

"알았어요. 그럼……."

양미선은 먼저 나가는 척하다가 밖에 숨어서 지켜볼 작정이었다.

그런데 그녀가 걸음을 옮기려는 순간, 대학생 정도로 보이는 젊은 청년 한 명이 로비로 들어오더니 신수지를 향해 다가왔다.

"신수지 씨."

신수지의 얼굴에 '망했다!'는 표정이 떠올랐다.

반면 양미선은 어리둥절한 표정으로 선욱과 신수지의 얼굴을 번갈아 가며 쳐다보았다.

"차장님, 오늘 만나기로 하신 분이……."

신수지는 어쩔 수 없다는 듯 한숨을 내쉬더니 선욱을 소개했다.

"선욱 씨, 같은 사무실에서 일하는 양미선 과장이라고 해요. 양 과장, 강선욱 씨야. 인사해."

선욱이 무뚝뚝한 표정으로 그녀에게 고개만 살짝 숙였다.

"강선욱입니다."

"네? 아, 예. 양미선이에요. 한데…… 학생이신가요?"

"휴학 중입니다."

"아! 그러시군요."

양미선이 의미심장한 미소를 지으며 신수지를 쳐다보았다.

신수지는 쥐구멍이라도 있으면 들어가고 싶은 심정이었다. 그렇지 않아도 평소 자신에게서 눈을 떼지 않는 양미선이 이제 영계를 만난다는 사실까지 알게 되었으니 회사에 어떤 소문이 날지 걱정이었다.

"차장님이 아침부터 누굴 기다리나 했더니 바로 이분이었군요. 호호호."

"양미선 과장! 집에 안 가?"

"네? 아, 물론 가야죠. 호호호."

세 사람은 함께 건물을 나왔다.

그런데 빌딩 바로 앞, 대로변에 멋진 스포츠카 한 대가 서 있는 게 양미선의 눈에 들어왔다.

그 차 주위에는 사람들 몇 명이 모여서 구경을 하거나 핸드폰으로 사진을 찍고 있었다.

양미선이 재빨리 그들 틈으로 끼어들어 차를 살피더니 호들갑을 떨었다.

"어머! 이 차……. 람보르기니 무르시엘라고잖아! 세상에! 내가 꼭 타 보고 싶었던 꿈의 슈퍼카를 여기서 보게 되다니……."

선욱은 자신이 타고 다니는 스포츠카의 모델명을 그녀

의 입을 통해 처음 들었다.

'음. 이 차 이름이 람보르…… 였구나.'

그때, 신수지도 차를 향해 다가가더니 감탄했다.

"정말 멋진 차네……."

"차장님, 남자라면 이 정도 차는 타고 다녀야 어디 가서 어깨 힘 좀 주는 거예요. 그렇지 못한 사람들은 루저라고 전 생각해요."

신수지가 황당하다는 표정으로 양미선을 쳐다보더니 말했다.

"세상에! 그럼 세상 남자들 모두가 루저겠네? 양 과장, 그거 알아? 밥맛인 거."

"쳇! 밥맛인 거 저도 잘 알거든요? 그래도 저 좋다고 따라다니는 남자들 줄 섰는데 무슨 상관이에요?"

삑! 반짝반짝!

스포츠카의 문 잠금이 풀리더니 비상등이 깜빡였다.

주위에 있는 사람들이 두리번거렸다. 이처럼 멋진 스포츠카의 주인이 누군지 얼굴이라도 보고 싶었던 것이다.

선욱이 스포츠카 조수석을 향해 뚜벅뚜벅 걸어가더니 문을 열었다.

"타시죠, 수지 씨."

여기저기서 탄성이 흘러나왔다.

"어머! 저렇게 젊은 청년이 이 차 주인인가 봐."

"재벌집 아들인가?"

"옷차림을 보니 그렇지는 않은 것 같은데……. 누굴까?"

신수지와 양미선도 믿을 수 없다는 표정으로 선욱을 쳐다보았다.

더구나 선욱의 집안 사정을 잘 아는 신수지는 선욱이 장난이라도 치는 줄 알았다.

"서, 선욱 씨, 지금 장난치는 거죠? 남의 차 가지고 그럼 안 돼요."

"제가 타고 다니는 차 맞습니다."

선욱이 차 키를 들고 살짝 흔들었다.

신수지는 차 키에 새겨진 문양과 차에 붙어 있는 로고가 동일하다는 사실을 알고 경악했다.

"서, 선욱 씨가 어떻게 이런 차를……."

"어서 타세요. 저 배고픕니다."

"아, 알았어요."

신수지는 여전히 못 믿겠다는 표정으로 자신을 쳐다보는 양미선을 힐끗거린 후, 조수석에 탔다.

여기저기서 부러움이 섞인 탄성이 흘러나왔다.

선욱이 양미선을 향해 살짝 머리를 끄덕인 후, 운전석에 올랐다.

우르르릉!

중저음의 묵직한 배기음과 함께 람보르기니는 거친 숨

을 몰아내며 그곳을 떠났다.

양미선은 반쯤 패닉에 빠진 표정으로 람보르기니의 뒷모습을 쳐다보았다.

'이, 이럴 수는 없어. 시, 신 차장이 어떻게 저런 남자를······.'

그녀가 정확히 하고 싶은 말은 '저런 차를 가진 남자를' 이었다.

양미선은 차가 사라질 때까지 쳐다보고 있다가 고개를 떨어뜨렸다. 짙은 패배감이 그녀의 몸과 마음을 엄습했던 것이다.

부르르릉! 우우우웅!

람보르기니에 탄 신수지는 여전히 믿을 수 없다는 표정으로 내부를 두리번거렸다.

"이 차······ 정말 선욱 씨 건가요?"

"아닙니다."

"그럼 어떻게······?"

"잘 아는 지인이 타고 다니라고 줬습니다."

"그 대단한 지인이 누구예요?"

선욱이 잠시 주저하다가 대답했다.

"정유성 씹니다."

"네? 정유성 씨라면 설마 명성황후의 남주 말인가요?"

"그렇습니다. 그의 대역 연기를 위해 한동안 붙어 다녔는데, 어쩌다 보니 형님, 동생 하는 사이가 되었습니다."

"아! 그랬군요."

신수지가 그때서야 감탄을 하며 고개를 끄덕였다.

영화배우 정유성은 대한민국을 대표하는 배우다. 그리고 그 정도의 배우라면 이런 스포츠카 한 대쯤 가지고 있는 게 당연하다.

하지만 아무리 그렇다고 해서 자신이 아끼는 차를 다른 사람에게 덥석 내주는 경우는 없다. 더구나 자신이 아는 배우 정유성은 예의가 바르고 쿨하기는 하지만 공과 사를 분명히 한다. 많은 사람들이 그와 친하게 지내고 싶어 안달하지만, 항상 거리를 두고 예의를 갖추기로 유명한 사람이다.

그런데 그런 그가 선욱에게 선뜻 최고급 외제 스포츠카를 내줬다. 만약 이 사실을 연예부 기자가 안다면 신문에 날지도 모를 일이다.

"그런데 목적지가 어딥니까?"

"아! 일단 이 길을 따라 쭉 가세요. 제가 말씀드리죠. 그래도 다행이네요."

"예? 뭐가 다행입니까?"

"우리가 가려는 일식집 말입니다. 일본에서 건너온 유명한 요리사가 직접 음식을 만드는 곳이에요. 그래서 유

명 인사들도 자주 찾아요. 그런 곳에 아무 차나 몰고 갈
순 없잖아요?"

그녀의 말을 듣고 선욱이 내심 코웃음을 쳤다.

전생의 지욘프리드는 화제를 몰고 다니는 사람이었다.

그의 얼굴을 한 번이라도 보기 위해 지욘프리드가 참석
하는 파티에는 많은 귀족들이 찾아왔다. 그리고 하나같이
그들은 최고급 마차를 타고 왔다. 자신들이 지닌 부를 자
랑하기 위해서다. 심지어 어떤 귀족은 마차를 금으로 도
배한 자도 있었다.

당시 지욘프리드는 그런 귀족들을 하찮게 여겼고, 그들
의 허영을 비웃었다. 하지만 지금의 세상에서도 그런 심
리는 여전히 사람들 사이에 존재하고 있었다.

'하긴, 사람 사는 세상이 뭐가 다르겠나. 거기서 거기
겠지.'

선욱은 신수지가 가르쳐 주는 방향으로 차를 몰아, 마
침내 목적지에 도착했다.

좁은 주차장에, 허름하다는 말이 어울릴 법한 작은 단
층 나무 건물이 그곳에 있었다. 일본어로 쓰인 간판들이
붙어 있는 일본식 건물이었는데, 적지 않은 고급 승용차
들이 길가에 주차되어 있었다.

"작은 곳이죠? 그래서 미리 예약하지 않으면 자리를 잡
지도 못해요."

"차를 세울 곳이 없군요."

"그냥 대로변에 대면 돼요."

"딱지 끊기거나 견인되지 않겠습니까? 제 차도 아닌데 그러면 곤란합니다."

"호호호, 여기 오는 손님들이 보통 사람들인 줄 아세요? 경찰이 와도 오히려 주차 지원해 줄 걸요?"

"음. 그렇군요. 한데, 이런 일식집을 어떻게 예약했습니까?"

"물론 제 능력으로는 불가능하죠. 하지만 저도 인맥이 좀 있거든요?"

선욱이 고개를 끄덕이고는 더 이상 묻지 않았다.

"자, 어서 들어가요."

선욱은 차를 길가에 세워 놓은 게 마음에 걸렸지만, 일단 신수지의 말을 믿고 일식집 안으로 들어갔다.

작은 나무 탁자와 의자들이 다닥다닥 붙어 있었고, 그곳에는 잘 차려입은 남녀들이 모여 앉아 음식을 먹으며 이야기를 나누고 있었다.

빈자리는 몇 남지 않았는데, 신수지가 자신의 이름을 대자 종업원이 그중 한 곳으로 두 사람을 안내해 주었다.

신수지가 주변을 슬쩍 둘러보더니 낮은 목소리로 선욱에게 말했다.

"저기 구석에 앉은 사람이 국회의원 마재현이에요. 그

리고 그와 함께 있는 사람은 유명한 뉴스 앵커구요. 아, 그리고 가수 남명 씨도 왔네요."

선욱이 그들을 살펴보았다.

눈에 익은 얼굴들이기는 했지만 신수지처럼 자세히 알지는 못했고, 별 관심도 없었다.

"그렇군요. 일단 밥부터 먹죠."

신수지가 스시를 주문했고, 잠시 후 먹음직해 보이는 초밥이 나왔다.

선욱이 그걸 먹어 보니 과연 맛은 있었다. 하지만 몇 점 집어먹고 나자 벌써 그릇이 비었다.

"어때요? 맛있죠?"

"맛은 괜찮군요. 그럼 이제 뭐가 나옵니까?"

"그게 다예요."

"예? 이게 다란 말이니까? 무슨 양이……."

"여기 스시는 배부르라고 먹는 게 아니에요. 맛을 음미하는 곳이에요."

"쩝! 전 먹다가 만 것 같습니다."

"호호호, 제 거 좀 더 드세요."

"아닙니다. 괜찮습니다. 나중에 나가서 국밥이라도 한 그릇 사 먹으면 됩니다."

국밥을 또 먹자는 선욱의 말에 신수지가 입을 가리며 웃었다.

"국밥은 다음에 먹어요. 일단 여기 왔으니까 천천히 음식을 즐겨 보세요. 아, 사케 마셔도 되겠어요?"

"사케라면…… 정종 말입니까?"

"네. 이 집 주인이 직접 담근 술인데 아주 맛있어요."

"음. 운전을 해야 하니 한두 잔 정도밖에 마시지 못할 겁니다."

선욱이 마나를 발휘한다면 많이 마셔도 상관이 없겠지만, 그렇게 마시고도 멀쩡하게 운전을 한다면 신수지가 이상하게 생각할 것이다.

"괜찮아요. 어차피 한 잔씩 주문하는 거니까요."

곧이어 그녀가 주문을 하자 종업원은 김이 모락모락 나는 뜨거운 술을 큰 물컵 같은 곳에 담아 왔다.

선욱은 술을 뜨겁게 먹는다는 게 특이하다고 생각하며 잔을 들이켰다.

향도 괜찮고 맛도 있다. 사케가 제법 입에 맞는 느낌이다.

"어때요?"

"이것도 맛있군요."

"천천히 드세요. 안주거리 좀 더 시킬게요."

선욱은 천천히 사케와 음식을 음미하면서 신수지와 이런저런 이야기들을 나누었다.

선욱은 주로 대답을 하고 듣는 편이었고, 말을 하는 사람은 신수지였다.

그녀는 사회생활을 꽤 오랫동안 해서 단맛 쓴맛 다 본 베테랑이었고, 어딜 가든 재미있는 화제를 던지고 이야기를 이끌어 갈 능력이 있는 사람이었다.

선욱은 어느새 그녀의 이야기에 빠져드는 자신을 느끼고 깜짝 놀랐다.

'음. 전에 프레젠테이션을 멋지게 해내더니 과연 이야기를 제대로 할 줄 아는 사람이군.'

선욱은 신수지가 전생의 자신이 살던 세상에서 남자로 태어났으면 어땠을까 하고 생각했다.

아마 그녀는 황제가 총애하는 뛰어난 정치가나 훌륭한 교수가 되었을 것이다. 그것도 아니라면 마법사가 되었으리라.

여성 마법사는 마녀로 몰려 추살당하는 게 당시의 분위기이기는 했지만, 그녀가 제대로 된 마법사 밑에서 배웠다면 분명히 5써클 이상의 대마법사가 되었을 것이다.

마법사에게 있어서 가장 중요한 자질은 마나 친화력이지만, 마법 주문을 영창하는 것 또한 그에 못지않게 중요하기 때문이다.

신수지의 목소리에는 힘이 있고 상대를 설득시키는 언변 또한 뛰어나다. 마법 스펠을 영창하는 데 있어 최고의 자질을 갖춘 것이다. 아마 똑같은 마법 능력을 지니고 있다 해도 신수지의 주문은 더욱 강한 마법을 발휘할 수 있도록 만들어 줄 것이다.

이야기의 주제는 자연스럽게 영화로 흘러갔고, 신수지는 영화계의 주변 사람들이나 문화에 대해 말해 주었다.

그렇지 않아도 선욱은 명성황후라는 영화를 찍어야 할 입장이라 신수지의 말을 귀담아 들었다.

그때, 일식집의 문이 열리더니 잘 차려입은 여성 한 명과 아주 잘생긴 남성 두 명이 함께 들어왔다.

일식집에 있는 모든 사람들의 시선이 확 쏠릴 정도로 그들의 외모는 뛰어났다.

선욱도 그쪽을 향해 눈을 돌렸다가 가볍게 코웃음을 쳤다.

뭇 남성들의 시선을 받으며 도도한 표정을 지은 채 들어오는 여성의 얼굴을 보고 난 직후였다.

"어머! 박지선 씨가 왔네? 히야! 한국을 대표하는 십대 미인다워. 같은 여자인 내가 봐도 질투가 날 정도라니까. 선욱 씨는 그렇게 생각하지 않아요?"

"뭐, 예쁘게는 생겼군요. 하지만 전 별 관심 없습니다."

"세상에. 박지선 씨를 눈앞에 두고 그런 식으로 말하는 남성은 대한민국에서 선욱 씨밖에 없을 거예요. 아! 그러고 보니 전에 박지선 씨 만났잖아요. 프로젝트 M 제작 발표회 파티 때 말이에요."

"두어 번 보긴 했었습니다."

"어머! 그런데 박지선 씨가 이쪽으로 오네요? 설마 우릴 보러 오는 건 아니겠죠?"

신수지가 틀렸다.

박지선은 선욱을 똑바로 쳐다보면서 천천히 걸어오더니 탁자 앞에 멈추었다.

선욱이 슬쩍 그녀를 쳐다보더니 머리를 꼿꼿이 들었다.

박지선은 여전히 도도한 얼굴이었다.

그녀의 성격상 자신이 먼저 누군가에게 다가가는 건 극히 드문 일이었다. 더구나 먼저 인사를 건네는 것도 마찬가지다.

"오랜만이네요, 강선욱 씨."

"예, 그렇군요."

강선욱은 고개만 살짝 끄덕이며 그녀와 인사를 나누었을 뿐, 다시 신수지를 향해 시선을 돌렸다.

박지선의 얼굴에 싸늘한 표정이 떠올랐다.

이렇게 되자 당황한 건 신수지였다.

"아, 안녕하세요, 박지선 씨? 프로젝트 M 제작 발표회 파티에서 뵈었던 신수지예요."

박지선이 신수지를 슬쩍 쳐다보더니 '그랬던가요?' 라는 표정을 지었다.

"여, 여기 앉으시겠어요?"

"아뇨, 됐어요."

박지선은 잠시 선욱의 뒤통수를 노려보다가 등을 돌렸

다. 아마 주위에 사람들이 없었다면 선욱의 뒤통수를 후려치기라도 했을 것이다.

그녀가 자리로 돌아가자 신수지는 가슴을 쓸어내렸다.

"휴우!"

"왜 그렇게 놀란 표정입니까?"

"서, 선욱 씨는 아무렇지도 않아요? 박지선 씨가 왔다가 갔다구요."

"그녀가 왕비라도 되는 건 아니지 않습니까?"

"하지만……. 휴! 무슨 남자가 매너가 그래요? 여자가 먼저 찾아왔으면 좀 반갑게 인사라도 하든지, 하다못해 합석을 권유하기라도 하든지 해야죠."

"자신이 세상에서 가장 잘난 줄 아는 밥맛 없는 도도한 여자와는 조금이라도 함께 있기 싫습니다."

"어휴! 선욱 씨는 정말……. 박지선 씨라면 충분히 그럴 자격이 있는 여자예요."

"글쎄요……."

신수지는 어쩔 수 없다는 듯 고개를 절레절레 흔들었다.

하지만 마음 한편에서는 그런 선욱이 더욱 믿음직스럽고 멋있어 보였다.

6장

선민의 꿈

박지선의 앞에는 잘생기고 멋진 두 명의 사내들이 앉아
있다. 요즘 한참 뜨고 있는 신인 배우들로, 모든 면에서
완벽하다고 해도 모자라지 않을 멋진 청년들이다.

그들은 지금 박지선에게 조금이라도 잘 보이기 위해 온
갖 비위를 다 맞춰 주고 있다.

대한민국 연예계에서 그녀가 지니고 있는 영향력은 막
강하다. 두 신인 배우들에게는 자신들의 미래가 그녀의
마음먹기에 달려 있는 셈이다.

박지선도 그런 사실을 잘 알고 있다. 그리고 그녀는 자
신의 그런 우월적인 지위를 이용해 사람들이 설설 기게
만드는 걸 즐겼다.

자신에게는 충분히 그럴 능력도, 자격도 있다고 생각했던 것이다.

그런데 오직 한 명. 프로젝트 M에서 정유성의 대역을 맡기로 했다는 햇병아리가 감히 자신에게 반기를 들고 있다.

땅바닥을 뿔뿔거리며 기어 다니는 바퀴벌레 같은 하찮은 존재가 감히 도도한 백조 행세를 하는 것이다.

사실 그냥 무시하면 간단하다. 세상에는 온갖 종류의 사람들이 다 있으니 그런 인간 한 명쯤 있다고 해서 크게 이상한 건 아니니 말이다.

하지만 박지선의 마음은 그렇게 넓지 못했다. 언제부터인가 스타가 되면서 항상 스스로를 낮추는 사람들만 보아왔다. 언제, 어떤 자리에 가든 자신이 주인공이었고, 여왕이었다.

아마도 교만한 마음이 싹트고, 자뻑 모드에 돌입한 것도 그때부터였을 것이다.

그런 박지선에게 선욱이라는 존재는 충격이었다.

그리고 끊임없이 과거의 어떤 기억들을 떠올리게 만들었다.

두 번 다시 돌이키고 싶지 않은 시궁창에 대한 기억, 스스로가 바퀴벌레 같은 존재였을 때의 그 끔찍한 기억을 말이다.

그 때문인지 박지선은 선욱에게 집착했다. 그를 자신 앞에 굴복시켜야만 시궁창에서 완전히 빠져나왔다는 확신을 할 수 있을 것 같았다.

박지선의 얼굴 표정이 좋지 못한 것을 본 두 신인 배우들이 아양을 떨었다.

"오늘따라 선배님은 더욱 아름다우신 것 같습니다. 그런데 도대체 누가 선배님의 심기를 그렇게 불편하게 만들었습니까?"

"선배님은 얼굴을 찡그리는 모습까지 매력적이십니다. 너무 아름다우세요."

언제, 어디를 가든 항상 듣는 찬사다. 일식집에 들어오기 전까지만 해도 이런 말을 들었으면 기분이 무척 좋았을 테지만 이상하게도 지금은 오히려 짜증만 난다.

잘생긴 신인 배우들의 얼굴과 찬사에서 추악한 악취가 난다.

"갑자기 속이 좋지 않네. 나 먼저 일어날게. 식사들 하고 천천히 와. 미안."

"서, 선배님."

"벌써 가시려고……."

두 신인 배우들이 당황한 표정을 지었다.

박지선은 그들을 뒤로하고 그냥 일식집을 나와 자신의 차에 올랐다.

두 신인 배우들의 안색이 크게 일그러졌다.

사실 그동안 적지 않은 공을 들여서 간신히 박지선과 식사를 함께할 수 있는 기회를 잡았다. 그리고 이 기회를 이용해서 곧 크랭크 인을 할 영화의 중요 배역을 따내는 원대한 계획을 성사시킬 작정이었다. 그런데 그런 계획들이 한순간에 박살이 나고 만 것이다.

이제 이 기회를 놓쳤으니 언제 또다시 박지선이라는 대스타와 자리를 함께할 기회를 가질 수 있을지 기약할 수 없다. 그만큼 박지선은 얼굴 한 번 보기가 어려운 존재였다.

두 사상의 시선이 선욱을 향했다.

선욱을 노려보는 그들의 눈동자가 분노로 이글이글 타오르는 듯하다.

"저 자식 누군지 알아?"

"모르겠는데?"

"으으……. 저 새끼 때문에 산통 다 깨졌군."

"눈치를 보니까 박지선 씨가 저 자식 때문에 화가 많이 난 것 같더군."

"저 새끼를 혼내 주면 박지선 씨가 우리들에게 고마워하지 않을까?"

"음. 그럴지도 모르겠군."

두 사람이 눈짓을 주고받더니 식사를 하는 둥 마는 둥

하고 일식집을 나갔다.

한편 선욱은 벌써 박지선에 대한 일은 머릿속에서 깨끗이 잊어버렸다. 박지선은 선욱에게 한순간의 기억조차 차지할 수 없는 하찮은 존재에 불과했다.

마침내 식사가 끝났고, 선욱은 모처럼 즐거운 시간을 가진 것에 대해 만족했다. 그만큼 신수지와 대화를 나누는 건 즐거웠다.

평소 여성을 깔보던 지욘프리드의 사고방식에 영향을 줄 정도로 말이다.

전생의 지욘프리드는 여성과 이처럼 오랜 시간 대화를 나누어 본 적이 없었고, 설사 대화를 나누었다 해도 즐거웠던 적은 없었다. 차라리 그 시간에 검이라도 한 번 더 휘두르는 게 낫다고 생각할 정도였다.

그런데 신수지는 다르다.

그녀의 말은 사람을 묘하게 끌어당기고 주목하게 만드는 힘이 있었다.

선욱은 왠지 이대로 신수지와 헤어지는 게 아쉽게 느껴졌다.

"어디 가서 맥주라도 한잔 합시다."

신수지는 당연히 오케이였다.

"좋아요. 제가 분위기 좋은 바를 알고 있는데, 그곳으로 가시겠어요?"

"그렇게 하죠."

선욱은 곧바로 계산서를 들고 카운터로 갔다.

"아니, 선욱 씨. 제가 살 건데요?"

"아닙니다. 제가 사겠습니다."

선욱은 곧바로 현금을 꺼내 계산을 했다.

한 끼 식사로는 무척 비싼 금액이 나왔다. 자그마치 30만 원이나 되었으니 말이다.

하지만 선욱은 기꺼이 계산을 했다. 신수지와 함께했던 시간이 그만큼 즐거웠기 때문에 아깝다는 생각이 들지 않았던 것이다.

두 사람은 밖으로 나와 차를 세워 둔 곳으로 걸어갔다.

이미 밤이 어두웠고, 지나다니는 행인들도 거의 없었다.

우르릉!

람보르기니가 우렁찬 배기음을 내뿜더니 대로를 달리기 시작했다.

그때, 승용차 한 대가 슬그머니 그 뒤를 따라붙었다.

선욱은 물론 그 사실을 알지 못했다.

람보르기니가 한적한 도로에 접어들자 뒤따르던 승용차가 갑자기 앞으로 추월을 하더니 급브레이크를 밟았다.

끼이이익!

선욱도 엄청난 반사 신경으로 브레이크를 밟았고 오른

손으로 신수지의 앞을 막았다.

람보르기니의 브레이크 성능은 놀라울 정도였다.

설사 카레이서가 운전을 했었어도 이런 상황에서는 사고를 면치 못했을 것이다. 하지만 선욱의 차는 아슬아슬하게 앞차와 부딪치지 않고 멈추었다.

차는 멀쩡했고, 선욱도 아무렇지 않았지만 신수지는 달랐다.

그녀는 너무 놀라 숨을 제대로 쉬지도 못할 정도였다.

선욱이 그녀의 손을 잡았다. 그러고는 마나를 넣어 주었다.

따뜻한 기운이 그녀의 몸속으로 스며들자 신수지는 비로소 마음이 안정되는 것을 느꼈다.

"괜찮습니까?"

"예……. 휴우!"

"잠시 앉아 계십시오."

선욱이 차에서 내렸다.

신수지는 가슴을 쓸어내리며 한숨을 내쉬었다.

그제야 조금 전에 있었던 상황이 떠올랐다. 차가 급정거를 하는 순간, 선욱은 오른팔을 뻗어 자신의 몸을 받쳐 주었다. 조수석에 탄 사람을 배려하는 따뜻한 선욱의 마음이 느껴지자 신수지는 저도 모르게 얼굴을 붉혔다.

한편 차에서 내린 선욱은 두 명의 청년들과 마주서 있

었다.

청년들은 인상을 찡그리고 있었는데, 아마도 사고가 나지 않았다는 사실을 아쉬워하는 모양이었다.

선욱이 차가운 표정으로 그들에게 말했다.

"도대체 이게 무슨 짓입니까?"

청년들이 비릿한 미소를 지었다.

"무슨 짓이라니? 운전하다 보면 그럴 수도 있지."

"잠깐! 그러고 보니, 당신들은……."

선욱은 그들의 얼굴이 눈에 익다는 사실을 깨달았다.

'그렇군. 일식집에 박지선 씨와 함께 왔던 그자들이군.'

선욱은 그들이 왜 자신의 앞으로 막아섰는지 이해할 수 있었다. 박지선의 환심을 사기 위해서일 것이다. 아니면 자신 때문에 뭔가 일이 틀어졌으리라.

'후후, 어딜 가나 이런 한심한 작자들은 꼭 있군.'

선욱은 더 이상 그들과 상대하기가 싫었다. 그런 자들과 말을 섞는다는 자체가 창피스러운 일이다.

선욱이 아무 말 없이 등을 돌렸다.

그러자 두 청년들은 자신들이 무시당했다고 생각했는지 버럭 화를 냈다.

"야! 너 거기 안 서?"

"저 자식이 우릴 무시해?"

선욱이 걸음을 멈추더니 천천히 등을 돌렸다.

"말, 가려서 하지?"

"뭐야? 이 자식이 지금 시비 거는 건가?"

선욱의 눈빛이 차갑게 가라앉았다.

전생의 지욘프리드가 사는 세상이었다면 혓바닥을 뽑아 버렸을 것이다.

"어디서 굴러먹던 놈인지는 모르겠는데, 옷차림을 보니까 저 차 빌린 거지? 응? 여자 하나 꼬셔 보려고 말이야."

"큭큭큭, 주제 파악을 못 하는 이런 놈들은 어딜 가나 있다니까."

선욱이 숨을 크게 들이켰다가 내쉬었다.

"어쭈. 그렇게 노려보며 어쩔 거야?"

"이 자식 병원 신세 좀 져야 정신 차리겠네."

그때, 람보르기니의 조수석이 열리더니 신수지가 급히 내렸다. 그러고는 양팔을 걷어붙이고는 두 사람을 향해 다가왔다.

"야! 너희들 뭐야?"

"뭐? 이 아줌마가 미쳤나……."

"아줌마? 그래. 아줌마다. 너희들 경로사상은 시궁창에다가 처박았냐? 사가지 밥 말아 먹은 것들아!"

"이 여자가 정말……."

"왜? 때릴래? 어디 한 번 때려 봐. 오랜만에 병원에 누워서 쉬면서 돈이나 좀 벌어 보자. 가능하면 전치 사 주이상 나오게 때려 주라. 뭐 해?"

"이런 썅!"

"주먹 휘두를 용기도 없는 것들이 어디다 대고 시비야? 좋은 차 몰고 다니는 게 부러우면 부럽다고 해. 그렇지 않으면 그냥 조용히 찌그러져 있던지."

선욱은 멍한 표정으로 신수지를 쳐다보았다.

이렇게 대찬 여자가 있을까 싶은 생각이 들었던 것이다.

두 사내들은 주먹을 말아 쥐고 부들부들 떨었지만 차마 휘두르지는 못했다. 자신들은 성공을 꿈꾸는 신인 배우다. 작은 스캔들이라도 일어나 세상에 알려진다면 채 싹을 피워 보기도 전에 연예계에서 매장당하고 말 것이다.

신수지는 그런 그들의 코앞에 얼굴을 들이밀고 계속 자극했다.

하지만 두 사내들은 결국 신수지를 어떻게 하지 못했다. 자신들의 연기 인생을 끝장내는 짓을 할 수는 없었던 것이다.

결국 그들이 뒤로 물러났다.

"캬악, 퉤! 에이, 재수 없게……."

"야! 너 운 좋은 줄 알아!"

두 사람은 곧바로 차에 오르더니 그곳을 떠났다.

신수지가 두 손을 탁탁 털더니 중얼거리듯 말했다.

"쳇! 사람 때릴 용기도 없는 것들이 어디서 시비야? 선욱 씨, 우리 가요."

"그, 그러죠."

선욱은 다시 차에 오르며 생각했다.

'이 여자 제법 괜찮은데?'

띠리리링!

갑자기 울린 전화벨.

선욱이 핸드폰을 받자 반가운 목소리가 들려왔다.

— 선욱아!

"아! 형님. 잘 지내셨습니까?"

— 그래. 넌?

"저도 별일 없었습니다."

— 날 잡았다.

"예? 혹시 어머님 수술……?"

— 수술 날짜도 잡았지만 이사가 먼저다.

"벌써 집을 구했습니까?"

— 그래. 어머니 때문이다. 하루 종일 청소하랴 밥하시

라 고생하시는 거 보니까 도저히 안 되겠더라. 그래서 급매로 나온 집을 구했다.

"어딥니까?"

— 여기서 멀지 않은 곳이다. 아담한 빌란데, 좀 오래되기는 했지만 전망도 괜찮고 사람들 이목도 적은 곳이라서 샀다.

"이사는 언제입니까?"

— 내일이다.

"예? 그렇게 빨리합니까?"

— 그래.

"알겠습니다. 내일 새벽에 달려가겠습니다."

— 그래 줄래?

"당연히 그래야죠. 그럼 내일 아침에 뵙겠습니다."

— 고맙다.

"고맙긴요."

전화를 끊고 난 후 선욱은 정유성과 그의 어머니를 떠올렸다. 그러자 입가에 절로 미소가 그려졌다.

이제 더 이상 그들이 남처럼 여겨지지 않는다.

다음 날, 선욱은 날이 채 밝기도 전에 람보르기니를 몰고 집을 나섰다.

정유성의 집에 도착하자 커다란 탑차 한 대가 보인다. 이삿짐센터에서 온 트럭이다. 그리고 일꾼들이 짐을 옮기기 위해 사다리차를 설치하고, 엘리베이터 내부에 두꺼운 골판지를 붙이는 등 이사 준비에 한참이다.

선욱이 집으로 올라가자 정유성이 반가운 표정으로 맞았다.

"선욱아! 일찍 왔네?"

"준비는 다 되어 갑니까?"

"그래. 곧 이사 시작할 거다."

"한데, 어머님은……?"

"병원에 입원해 계시다."

"예?"

"놀라지 마. 원래 수술 전에 검사할 것도 많고, 또 약도 먹어야 해. 부작용을 없애기 위해서야."

"아! 그럼 수술 날짜는 언제입니까?"

"내일모레다."

"다행이군요. 빨리 잡혀서 말입니다."

"그래. 네가 여길 좀 지휘해라."

"예? 지휘라니요?"

"난 어머니께 가 봐야 해. 그러니까 네가 여길 좀 맡아줘."

"하지만 이사 갈 집도 모릅니다."

"센터 아저씨에게 이미 이야기해 뒀다. 그리고 시간 맞춰서 새로 산 가전제품이나 가구들이 이사 들어갈 집으로 올 거야. 전문 인테리어 업자도 그때 찾아올 테니까 가구나 가전제품의 배치는 그 사람이 알아서 할 거야. 넌 그냥 지켜보고 있으면 돼."

"그럼 여기 짐들은 어떻게 합니까?"

"그냥 두면 돼. 어차피 빨리 팔릴 집도 아니고……. 당분간 별장처럼 쓰지, 뭐."

백 평이 넘는 호화 아파트를 별장으로 쓴다는 건 평범한 서민의 입장에서는 결코 이해가 되지 않을 것이다. 하지만 정유성에게는 그렇지 않은 모양이다.

"알겠습니다."

"그래. 부탁한다. 참! 람보르기니 어때? 탈 만하지?"

"휴. 말도 마십시오. 사람들이 자꾸 쳐다봐서 귀찮아 죽겠습니다."

"하하하, 그게 유명세라는 거야. 난 네가 느끼는 것보다 열 배는 더한 상황에서 산다."

"좀 작은 차는 없습니까?"

"왜? 그렇게 불편해?"

"예."

"그래도 참아라. 앞으로 스타가 될 귀한 몸이니 그런데 익숙해질 필요가 있어."

"스타는 누가 스타가 된다고 그러십니까?"

"내가 그렇게 만들 거야."

"전 됐습니다. 대신 동생이나 좀 도와주십시오."

"네 동생은 내가 책임진다고 말했잖아. 난 약속 지키는 사람이다."

"알겠습니다. 그럼 어서 가 보십시오."

"그래. 고맙다. 네가 있어서 든든해."

정유성이 선욱의 어깨를 툭 치고는 집을 나갔다.

선욱은 그때부터 이삿짐 나르는 것을 지켜보았다.

다행히 그가 특별히 이래라저래라 할 일은 없었다. 집 안에 설치되어 있던 가전제품이나 가구들은 대부분 그냥 두기로 했으니 옮길 짐이라고 해 봐야 옷이나 사사로운 물품들이 전부였다.

그런데 그것들만 해도 큰 화물차를 가득 채울 정도로 많았다. 정유성의 옷이 워낙 많기 때문이다.

약 2시간에 걸쳐 짐을 모두 실었고, 선욱은 람보르기니를 타고 이삿짐 트럭을 따라갔다.

얼마 가지 않아 한강이 내려다보이는 아담한 빌리촌이 나왔다. 상당한 고가의 수입 외제차들이 빌라 주차장에 즐비한 것으로 보아 그곳도 꽤나 부촌인 모양이다.

정유성이 이사할 집으로 들어가 보니 그 집도 꽤나 넓었다.

대략 봐서 40평이 넘었는데, 선욱이 사는 일산의 아파트에 비하면 2배는 될 듯하다. 그래도 이전에 살던 100평짜리 아파트에 비하면 아담하다고 느껴질 정도다.

정유성의 옷들과 기타 개인적인 물품들을 모두 옮긴 후, 탑차가 떠났다. 그러자 곧이어 새로운 트럭들이 줄줄이 도착했다.

그리고 30대 중반에 꽤나 스타일 있게 차려입은 사내 한 명이 승용차를 타고 왔다.

그는 선욱을 보더니 인사를 했다.

"혹시 강선욱 씨 되십니까?"

"그렇습니다만, 누구십니까?"

"아! 저는 한남 인테리어 대표 김문수라고 합니다. 여기 명함이……."

선욱이 그의 명함을 받아 든 후 인사를 했다.

"형님께서 말씀하신 인테리어 업자시군요."

"그렇습니다. 지금부터는 제가 집 안을 정리하겠습니다. 맡겨 주십시오."

"잘 부탁드립니다."

과연 전문가답게 그는 들어온 가전제품이나 가구들을 적당한 자리에 잘 배치하기 시작했다.

마침내 이사가 끝나고 나자 아주머니들 몇 명이 오더니 청소를 시작했다. 약 1시간 동안 쓸고 닦더니 마침내 청소를 말끔하게 끝냈다.

인테리어 업자는 그제야 정유성과 핸드폰으로 통화를

하고 난 후, 집을 떠났다.

선욱은 잘 꾸며진 아파트를 둘러보고 고개를 끄덕였다. 모든 가구나 가전제품들의 배치가 적절했고, 마음에 들지 않는 부분이 없었다.

선욱은 큼직한 소파에 앉아 한강을 내려다보면서 문득 이런 생각을 했다.

"돈이라는 게 과연 좋기는 좋군. 서울 집 시세를 생각하면 이 집도 2, 30억은 족히 주었을 것이다."

2, 30억이라면 어마어마한 거금이다. 그런 거금을 아무렇지도 않게 쓰면서 집을 덜컥 사는 정유성의 재력은 놀라울 따름이다.

그때, 선욱에게 다시 전화가 왔다.

정유성이었다.

— 선욱아, 이사 모두 끝났지?

"예. 청소까지 깨끗이 되었습니다."

— 그래. 그럼 그만 집으로 가.

"병원에 한 번 찾아가 뵙고 싶은데, 괜찮겠습니까?"

— 나는 그러라고 하고 싶은데, 어머니께서 아무도 안 만나려고 하셔.

"아, 그렇군요. 알겠습니다. 그럼 수술하는 날 가 보도록 하죠."

— 그래. 그렇게 해. 그럼 내일모레 압구정동에 있는

○○병원에서 보자.

"그때 뵙겠습니다."

선욱은 전화를 끊고 빌라를 나왔다.

그러고는 람보르기니를 타고 일산으로 향했다.

❈　❈　❈

선욱은 한의서를 집중적으로 읽었다. 페이지 하나하나를 모두 사진처럼 찍어서 머릿속에 집어넣었고, 그렇게 하루가 지나자 인체에 있는 혈도나 경맥이 서로 어떻게 연관되어 있는지 알 수 있었다.

원래 보통 사람이 지금 선욱이 파악한 정도까지 한의서를 이해하려면 몇 달은 꼬박 공부를 해야 한다. 하지만 선욱은 이틀 만에 그 일을 해냈다.

그건 선욱이 특별히 머리가 좋기 때문이 아니다. 지은 프리드가 지니고 있던 경험 때문이다.

인체의 혈도나 경맥 등이 새롭고 복잡하기는 했지만, 결국 거기에도 기본이 되는 원리가 있었다. 선욱은 그 원리를 이미 잘 이해하고 있었기 때문에 한의서의 내용을 파악하는 데 어려움이 없었던 것이다.

선욱의 머릿속에 복잡한 생각들이 떠올랐다가 사라지기를 반복했다.

그런 과정이 계속해서 이어지는 가운데, 점차 마나가 움직여야 할 이동 경로가 조금씩 보이기 시작했다.

그렇다고 해서 당장 새로운 마나 연공법을 창안해 낼 정도는 아니지만, 이런 식으로 조금씩 나아가다 보면 언젠가는 선욱 자신만의 새로운 마나 연공법을 창안해 내는 것도 불가능하지 않을 것이다.

밤새 침대에 앉아 마나 연공법에 대해 생각하다 보니 날이 밝아 왔다.

선민이 침대에서 일어나 기지개를 켠다.

"아함! 형, 오늘 뭐 해?"

"오늘? 글쎄. 별일은 없다."

"그럼 우리 산이나 탈까?"

"산을 타자고?"

"도봉산 어때?"

"학교는?"

"오늘 쉬어. 개교기념일이거든?"

"약수터에 민경이 보러 가지 않을 거냐?"

"아쉽긴 하지만 오늘 하루는 쉬지, 뭐."

"그래?"

산을 타거나 운동을 하자고 하는데 선욱이 거절할 리가 없다.

"좋다. 가자."

"내가 아주 험준한 코스를 알고 있거든? 형, 자신 있어?"

선욱이 그 말을 듣고 피식 웃었다.

"어? 웃어? 좋아, 어디 두고 보자구."

두 사람은 간단한 준비를 하고는 그 길로 집을 나섰다.

선욱은 아파트 주차장으로 걸어가려는 선민의 팔을 잡아끌었다.

"왜? 차 안 타?"

"운동하러 가는데 무슨 스포츠카야? 대중교통 이용하자."

"에이, 환승하기가 지랄인데……."

"튼튼한 다리 뒀다가 어디 써먹을 작정이냐. 따라와. 지하철역까지 뛰어간다."

선욱이 먼저 뛰기 시작했고, 선민은 오만상을 찌푸리며 형의 뒤를 따라 뛰었다.

잠시 후, 두 사람은 1시간가량 지하철을 탄 끝에 마침내 도봉산역에 도착했다.

평일이라 그런지 산을 오르는 사람들은 많지 않았다.

"형, 나를 따라와."

선민은 일반적인 등산 코스에서 벗어나 전혀 다른 길로 산을 오르기 시작했다.

선욱이 즉시 그의 뒤를 따랐다.

산세는 가팔랐다. 길을 무시하고 거의 일직선으로 정상을 향해 올라갔기 때문이다.

얼마 올라가지 않았지만 선민은 벌써 숨을 헐떡이고 있었다. 선민의 체력도 보통 사람들에 비하면 상당히 뛰어난 편이었지만, 가파른 경사로를 거의 뛰다시피 올라가는 데에는 제아무리 천하장사라도 지치지 않을 수 없을 것이다.

선민은 숨을 헐떡이면서도 연신 뒤를 돌아보았다.

선욱이 잘 따라오고 있는지 확인하기 위해서다.

선욱도 숨을 거칠게 몰아쉬고 있었지만, 선민에 비해서는 덜 지쳐 보였다.

선민은 이를 악물었다.

하지만 여전히 선욱을 떨쳐 버릴 수 없었다.

결국 선민이 먼저 퍼지고 말았다.

"헉헉헉헉! 혀, 형! 체, 체력이 어떻게 나보다, 헉헉헉, 좋아?"

선욱은 가볍게 숨을 몰아쉬며 피식 웃었다.

"뭘 증명해 보이고 싶은 거냐?"

"헉헉헉, 내가 그래도 체력 하나만큼은, 헉헉헉, 자신이 있는데…….."

선욱은 문득 선민이 헐떡이는 모습을 보자 안타까운 마음이 들었다.

'저 녀석도 마나를 배운다면 좋을 텐데……'

선욱의 생각은 이어지지 못했다.

선민이 다시 몸을 일으키더니 산을 오르기 시작했기 때문이다.

'녀석. 후후후.'

선욱은 선민과 적당한 거리를 유지하면서 뒤따랐다.

그렇게 몇 번 쉬다가 올라가기를 반복한 끝에 두 사람은 커다란 암벽이 있는 곳에 도착했다.

암벽등반을 해야 할 정도는 아니었지만 길도 험했고, 위험해 보였다.

"너 설마 여길……?"

선민이 씩 웃었다.

"왜? 쫄았어?"

"너무 위험해 보인다."

"괜찮아. 난 몇 번 올라가 봤어. 내 뒤만 따라오면 돼."

선욱은 가볍게 안색을 찌푸렸지만 몇 번 올라가 보았다는 동생의 말을 믿고 암벽을 오르기로 했다.

선민도 암벽을 오르는 게 얼마나 위험한지 잘 알고 있었기에 처음 산을 오를 때처럼 저돌적으로 달려들지는 않았다.

신중하게 발을 내딛고 두 손을 이용해 바위에 난 틈을 잡았다. 이미 적지 않은 사람들이 이 길을 이용해 암벽을 오른 듯 바위는 반질반질 윤이 나 있었고, 조심해서 오르기만 한다면 그렇게 위험할 것 같지는 않았다.

그렇게 한참 동안 암벽을 올라갔지만 아직 반도 채 오르지 못했다.

선민은 잠시 암벽에 기대어 쉬면서 선욱을 내려다보았다.

선욱은 변함없이 차분한 얼굴로 선민의 3미터 정도 아래에서 멈추어 있었다.

"휴우! 형. 정말 대단한데?"

"후후후, 내가 네 녀석을 못 이길 것 같아?"

"그래, 졌다. 졌어."

선민이 고개를 절레절레 흔들었다.

잠시 암벽에 기대어 쉰 두 사람은 다시 오르기 시작했다.

마침내 암벽 정상에 오르는 데 성공했고, 선민은 고함을 지르며 좋아했다.

선욱도 높은 바위 위에서 아래를 내려다보니 그렇게 상쾌할 수 없었다. 더구나 호흡을 통해 들어오는 마나도 훨씬 순수하고 깨끗했다.

'이런 곳에서 수련을 하면 조금 더 효과가 있겠군. 하지만 그렇다고 해도 예전에 내가 살던 곳에 비하면 어이가 없을 정도로 마나가 희박해.'

선욱은 내심 혀를 찼다.

한동안 바위 위에서 시원한 바람을 쏘이며 자연경관을 구경하다가 선민이 몸을 일으켰다.

"형, 우리 이제 내려가자."

"벌써?"

"시원한 막걸리 한잔 해야지?"

"뭐?"

"에이, 뭘 그러시나? 원래 산에 오면 다 한 잔씩 마시고 내려가는 거야."

"하지만 넌 고등학생이다."

"고삼이야. 알 거 다 아는 고삼."

"혹시 너 전에도 술 마셔 본 적 있어?"

"그걸 말이라고 해? 시험 친 후나 생일날 다들 소주 한 병 정도는 까."

선욱이 고개를 절레절레 흔들었다.

그래도 술 마시고 사고는 치지 않아 다행이었다.

"그래. 내려가자. 대신 막걸리는 딱 한 병만 마신다."

"술 마실 양을 정해 놓는 게 어딨어? 술맛 떨어지게……."

"일단 내려가자."

원래 암벽은 오르는 것보다 내려가는 게 훨씬 위험하다. 그래서 선욱이 먼저 나섰다.

"내가 먼저 내려갈 테니 넌 뒤따라 와."

"쳇! 내가 먼저 내려가려고 했는데."

"안 돼."

선욱은 선민이 더 이상 말할 기회도 주지 않고 먼저 암벽을 내려가기 시작했다.

선민도 조심스럽게 선욱을 내려다보며 암벽을 내려갔다.

그렇게 중간쯤 왔을 때였다.

선욱은 갑자기 머리 위로 돌가루들이 후드득 떨어지는 것을 느꼈다.

급히 고개를 들어 보니 선민이 '어어!' 하는 소리와 함께 암벽을 잡으려고 바둥거리고 있었다.

"위험해! 꽉 잡아!"

선민이 필사적으로 암벽을 잡으려 했지만, 안타깝게도 놓쳤다.

"으아아아!"

선민의 몸이 암벽에서 추락하기 시작했다.

선욱은 순식간에 확대되어 오는 동생의 모습을 보고는 안색을 굳혔다.

선욱이 두 다리를 암벽 깊숙이 박았다.

퍼벅!

둔탁한 소리와 함께 선욱의 두 다리가 암벽 속으로 파

고들었다.

다음 순간 선욱은 두 팔로 재빨리 선민의 등을 받아 들었다.

강한 충격이 선욱의 온몸을 강타했지만, 마나를 발휘하고 있었기에 별 어려움 없이 선민을 받아 내는 데 성공했다.

선민은 얼굴이 하얗게 변한 채 선욱의 목에 매달렸다.

두 사람은 한동안 아무 말 없이 그렇게 서로를 안고 있었다.

먼저 입을 연 것은 선욱이었다.

"숨 막힌다, 이 녀석아."

"아아! 혀, 형. 괜찮아?"

"보면 몰라? 어서 발이나 제대로 디뎌."

선민은 조심스럽게 바위틈에 발을 디뎌 체중을 지탱한 후, 선욱의 목에서 팔을 풀었다.

"휴우! 십년감수했네."

"조심해서 내려와."

"형 때문에 살았어. 까딱했으면 골로 갈 뻔했네. 히유우!"

"정신 바짝 차리란 말이야."

"순간적으로 미끄러졌어. 잠시 딴생각을 하다가……."

선욱이 혀를 차더니 다시 아래로 내려가기 시작했다.

선민도 선욱을 따라 내려가려다가 문득, 바위에 깊은 홈이 파여 있는 것을 보았다.

돌가루가 남아 있고 면이 거친 것으로 보아 생긴 지 얼마 되지 않은 홈이었다. 그리고 방금 선욱이 밟고 있던 자리도 그곳이었다.

선민이 선욱을 내려다보았다.

'설마 형이 이 홈을……'

선민은 믿을 수 없다는 표정을 지었다.

그러고 보면 위에서 떨어지는 자신을 가볍게 받아 안은 선욱의 괴력은 믿기지 않을 정도였다. 아마 반대의 경우였다면 자신은 형과 함께 한 덩어리가 되어 떨어지고 말았으리라.

선민이 나지막하게 한숨을 내쉬며 선욱을 내려다보았다.

"뭐 해? 어서 내려오지 않고?"

선민은 더 이상 아무 말도 하지 않고 선욱을 따라 아래로 내려갔다.

마침내 암벽을 내려온 선민은 안도의 한숨을 내쉬었다.

"휴우! 살았다!"

"녀석…… 괜찮냐?"

"물론이지. 그 정도로 죽을 내가 아냐."

"다음부터는 암벽은 오르지 마라."

"알았어."

"어서 내려가자."

두 사람은 다시 걸음을 옮기기 시작했다.

잠시 후, 산을 내려온 두 사람은 길가에 있는 주점에 들렀다.

등산객들이 주로 이용하는 곳으로, 대낮인데도 적지 않은 사람들이 그곳에서 술을 마시고 있었다.

선욱과 선민도 주점에서 막걸리 한 사발과 파전을 시켰다.

선민은 단번에 잔을 비운 후, 손으로 입을 닦았다.

"캬아! 좋다."

그 모습을 본 선욱이 혀를 찼다.

"쯧쯧쯧, 미래의 주당이 탄생했군. 하긴, 남자가 술 잘 마시는 건 흉이 아니지."

지욘프리드가 살던 세상에서 술을 못 마시면 남자로 인정을 받지도 못했다. 당연히 지욘프리드도 말술이었고, 선민이 고등학생의 신분임에도 술을 마시는 걸 크게 탓하지 않았다.

"군대는 언제 가냐?"

"영장 나오면 바로 가야지. 알아보니까 요즘 좀 밀려서 늦게 나온다고 하더라. 아마 내년 여름은 되어야 영장이 나올 것 같아."

"시간이 많이 남았군. 그때까지 뭘 할 거지? 그냥 놀고 먹을 거야?"

"그럴 수야 없지. 계속 몸을 단련해야지."

"그렇게 단련해서 뭘 하려고? 설마 군대 말뚝 박을 생각이냐?"

"말뚝은 무슨. 배울 거 다 배운 후에 제대할 거야."

"배우긴 뭘 배워? 군대서 배운 기술 세상에서 써먹을 데가 있긴 해?"

"보통 사람들 세상에서는 써먹을 곳이 없겠지."

"그럼……?"

"나…… 용병이 될 거야."

"뭐?"

"용병 몰라?"

"너 제정신이야? 난 허락할 수 없다."

"형이 허락하지 않아도 난 할 거야. 국제적인 용병이 되어서 돈을 많이 번 후에 서울에다 사무실을 차릴 거야."

"사무실이라고?"

"그래. 이를테면 탐정 사무실 같은 거 말이야."

선욱은 어이가 없다는 표정으로 선민을 쳐다보았다.

"그런 눈으로 보지 마. 내가 정말 하고 싶은 일이 그거니까."

"차라리 형사가 되어라."

"그런 생각도 해 봤는데…… 형사는 싫어. 난 조직 문화에 적응하는 체질이 아니거든?"

"아무리 그렇다고 해도 용병이라니……. 그게 얼마나 위험한지 몰라서 그래?"

"어차피 인생은 한 번 아냐? 난 굵게 살 거야. 그러다 잘못되면 어쩔 수 없는 거고 말이야."

"가족들이 걱정하는 건 생각하지 않아?"

"가족들을 생각하면 미안하지만……. 그래도 꼭 용병을 하고 싶어. 그게 어렸을 때부터 내 꿈이야."

"민경이는?"

"……."

"선민아."

"형, 설득하려고 하지 마. 벌써 결심했어."

선욱은 선민의 표정과 눈빛을 보고 그의 결심이 확고하다는 사실을 알았다.

"그래. 알았다. 더 이상 설득하지 않겠다. 하지만 조심해야 한다."

선민은 선욱이 이렇게 쉽게 자신의 꿈을 납득할 줄 몰랐기에 다소 놀랐다.

"대신, 군대 가기 전에 뭘 좀 배워야겠다."

"배워? 뭘……?"

"기공."

"뭐?"

"기를 다루는 법을 배우란 말이야."

"기라고? 혹시 '길 가다가 도를 아십니까'에 나오는……."

"그런 엉터리와는 달라."

"혹시, 형도 기를 익힌 거야?"

"그래."

"아! 그럼 형이 보여 줬던 그 괴력과 놀라운 체력도 기를 배웠기 때문에 가능했던 거야?"

"그렇다."

"세상에……. 형이 그런 걸 배웠다니……."

"기를 배운다고 해서 총알을 막을 순 없다. 하지만 보통 사람들과는 비교도 할 수 없게 움직일 수 있다. 아무리 위험한 전장이라도 살아날 확률은 높아지는 거지."

"가르쳐 줘, 형."

"좋아. 집에 돌아간 후에 차분한 상태에서 가르쳐 주지. 하지만 한 가지 난관이 있다."

"난관이라니?"

"기를 느끼는 건 타고난 자질이 필요해. 만약 네가 기를 느끼는 자질을 타고나지 못했다면 기공을 익힐 수 없다."

"형도 타고났는데 형제인 나는 아니겠어?"

"음. 그래도 일단 그것부터 확인해야 한다."

"어떻게 확인하지?"

"그럼 간단히 한 번 알아보자. 눈을 감고 손바닥을 펼친 후, 어깨 넓이로 벌려."

"이렇게?"

"그래. 그리고 생각하는 거야. 두 손바닥 사이에서 뭔가가 서로를 끌어당긴다고 말이야."

"알았어."

선민인 눈을 감고 잠시 집중하는 듯하더니 그의 두 손바닥이 순식간에 가까워지더니 붙었다.

선민이 눈을 뜨고는 '어!' 하는 표정을 지었다.

"히야. 진짜 신기하네? 정말 뭔가가 잡아당긴 것 같았어."

선욱도 내심 놀랐다.

누구나 가능한 것이기는 하지만 문제는 속도다. 선민처럼 조금 집중하자마자 손바닥이 붙어 버리는 경우는 무척 드물다. 그리고 그건 선민이 기에 민감한 체질이라는 사실을 증명한다.

"어때, 형?"

"그 정도면 꽤 자질이 있는 것 같다. 하지만 확실히 알기 위해서는 진짜 기를 받아들이고 느낄 수 있어야 해. 네 손바닥이 붙는 속도를 보니까 아마 그것도 가능할 거야."

선민이 만세를 부르며 좋아했다.

"야호!"

선욱이 그런 선민의 모습을 보고 희미한 미소를 지었다.

7장

이사를 갈까?

집에 돌아온 선욱은 선민과 함께 방문을 걸어 잠그고 들어앉았다.

"일단 이렇게 앉아 봐."

선욱이 시범을 보이자 선민이 금방 따라 한다.

"아, 가부좌? 영화 보니까 내공을 발휘할 때 꼭 그렇게 앉더라."

원래 보통 사람들은 가부좌를 하는 게 쉽지 않다. 나이가 들면서 관절이 굳어 버리기 때문이다.

하지만 선민은 온갖 운동으로 단련된 몸이다. 따라서 그의 관절은 무척 유연했고, 쉽게 가부좌를 할 수 있었다.

선욱이 그의 맞은편에 가부좌를 하고 앉더니 두 손을

잡았다.

"자, 눈을 감고 마음을 비워. 이미 비어 있겠지만."

"윽! 이 동생을 너무 바보로 보는 거 아냐?"

"그냥 편하게 있으란 말이야. 민경이 생각은 하지 말고."

"알았어."

"자, 그럼 한 번 느껴 봐."

선욱이 눈을 감더니 마나를 발휘했다.

단전에서 일어난 그의 마나가 팔을 통해 선민의 몸으로 넘어갔다.

선민이 갑자기 전기에 감전이라도 된 듯 온몸을 부르르 떨었다.

선욱은 자신의 마나를 선민의 몸속으로 계속 주입해 내장에까지 이르게 했다.

한동안 선민의 몸속에서 마나를 움직이던 선욱이 다시 마나를 회수했다.

선욱이 먼저 눈을 뜨더니 물었다.

"어때? 뭘 느꼈어?"

선민이 눈을 크게 뜨더니 한숨을 내쉬었다. 그러고는 묘한 표정을 지었다.

"그, 글쎄. 뭐랄까⋯⋯. 처음에는 온몸이 갑자기 저리더니, 곧 시원해지는 느낌이었어. 특히 가슴과 배가 무척 편안해지는 걸 느꼈어."

선욱이 희미한 미소를 지으며 고개를 끄덕였다.

"축하한다. 넌 마나…… 아니, 기에 민감한 체질이다. 기공을 익힐 자질을 타고났어."

"아! 정말이야? 그럼 어서 가르쳐 줘."

"일단 기본이 되는 호흡법을 가르쳐 줄 테니까 그걸 수련해. 그리고 깊이 있게 배우려면 공부를 해야 한다."

"공부? 나 그거하고 담쌓은 지 오랜데."

"그럼 깊이 있게 배우는 건 포기해."

"아냐. 알았어. 공부할게."

"내가 들여다보던 저 인체도를 모두 외워. 그리고 내 책상에 있는 책들 모두 외우다시피 읽어."

"혀, 형이 읽던 책이라면…… 그 한문이 많은 한의서?"

"그래. 꼭 필요한 거다."

"히유! 알았어. 어쩔 수 없지."

"단단히 결심해야 한다."

"알았어."

"좋아. 그럼 호흡법부터 가르쳐 주마."

선욱은 선민에게 자신이 알던 마나 연공법을 가르치기 시작했다.

다행히 선민은 공부에는 소질이 없었지만 마나 연공법을 익히는 데에는 타고난 듯했다. 시간이 얼마 흐르지도 않았는데, 기초적인 호흡법을 모두 익혔던 것이다.

"대단한데? 이렇게 빨리 배울 줄 몰랐군."

"사실 격투기를 하면서 비슷한 호흡을 많이 해 봐서 그래. 복식호흡을 해야 쉽게 지치지 않거든?"

"음. 그렇구나."

"자, 그럼 호흡을 하면서 기를 느끼는 수련을 해 보자. 내가 도와줄 테니 어서 시작해 봐."

"알았어."

선민은 다시 가부좌를 하고 앉아 선욱에게 배운 호흡법을 시작했다.

선욱은 그런 동생을 잠시 쳐다보더니 생각했다.

'이제 마나를 배우기 시작했으니 늦었다. 아마 마나홀을 만드는 데에만 몇 년이 걸릴지도…….'

마나홀, 혹은 단전을 만들지 못하면 기를 제대로 활용할 수가 없다. 그래서 선욱도 기를 쓰고 마나홀을 만들려고 노력했던 것이다.

'적당한 때를 봐서 선무도관의 영감에게 부탁을 해야겠군.'

선욱은 선민의 손을 잡고 그가 기를 느낄 수 있도록 도와주기 시작했다.

✠ ✠ ✠

선욱의 핸드폰이 울리더니 반가운 목소리가 들려왔다.

— 선욱아.

"아, 형님."

— 내일 어머니 수술하신다.

"몇 시에 하십니까?"

— 오전 열 시야.

"알겠습니다. 맞춰서 가겠습니다."

— 그래. 고맙다.

"고맙긴요. 당연히 가야죠. 그럼 내일 오전에 뵙겠습니다."

다음 날 아침, 선욱은 방 한가운데 앉아 기를 수련하는 선민을 뒤로하고 집을 나섰다.

선욱이 찾아간 곳은 압구정동에 있는 유명한 성형외과였다.

호텔 같은 시설을 자랑하는 대단한 병원이었다.

선욱은 세상에 이런 병원도 있구나 싶어 놀랐다.

그리고 늘씬한 미녀들이 병원에서 차례를 기다리고 있었는데, 선욱은 그녀들의 모습을 보고 내심 혀를 찼다. 미인은 태어나는 게 아니라 만들어진다는 현대사회의 진리를 통감할 수 있었기 때문이다.

선욱은 특실을 찾아 위층으로 올라갔다. 그곳에 정유성

이 있었고, 어머니가 침대에 누워 있다.

"형님."

"아, 선욱아."

"어떠십니까?"

"방금 잠이 드셨다. 절대 안정을 취해야 한다고 의사가 진정제를 놔 드렸어."

"그럼 수술은⋯⋯?"

"이 상태에서 곧 마취 들어갈 거야."

"잘 되셔야 할 텐데 말입니다."

"그러게."

"어느 정도까지 회복이 될까요?"

"이 병원의 의사는 대한민국 최고의 성형의다. 그가 최선을 다하겠다고 했으니 믿어 보는 수밖에."

"사흘 후부터는 영화 촬영이 있지 않습니까?"

"그래."

"어머님을 돌봐 드릴 사람이 없군요."

"나도 그게 좀 걱정이다. 아무에게나 병간호를 허락하지 않으실 텐데⋯⋯."

선욱이 잠시 생각하더니 말했다.

"제 어머니에게 부탁해 보겠습니다."

"뭐?"

"저를 오랫동안 간호하셔서 잘 하실 겁니다."

"아! 그래도 되겠어?"

"아무래도 돈을 주고 고용한 사람보다는 낫지 않겠습니까?"

"그야 당연하지. 네 어머니는 내 어머니나 마찬가지다."

"저도 그렇게 생각합니다."

"그럼 잘 좀 부탁한다."

"알겠습니다. 기왕 하려면 빠른 게 좋겠죠. 지금 다녀오겠습니다."

"그래."

선욱은 곧바로 다시 집으로 향했다.

집에 돌아온 선욱이 어머니를 찾았다.

"어머니!"

"벌써 들어온 거야? 왜?"

"잠시 방에 들어가시죠. 드릴 말씀이 있습니다."

어머니의 손을 잡고 방으로 들어온 선욱이 입을 열었다.

"어머니, 정유성 씨 아시죠?"

"그래. 네가 출연한다는 영화의 주연배우라면서?"

"예. 그리고 그분과 의형제의 연을 맺었습니다."

"알고 있다. 그래서 차도 줬다면서?"

"그래서 말인데……."

선욱은 정유성과 그의 어머니가 처한 상황에 대해 자세히 말했다.

선욱의 말을 모두 들은 어머니가 깊은 한숨을 내쉬며 혀를 찼다.

"세상에! 그런 일이······."

"그러니 아무에게나 간호를 맡길 수 없습니다. 어머니께서 수고스러우시더라도 해 주실 수 없겠습니까?"

"그래. 알겠다. 정유성 씨가 네 의형이라서가 아니라, 사연을 들어 보니 같은 여자로서 정말 가슴이 아프구나. 그런 사람은 꼭 도와주고 싶어."

"감사합니다, 어머니. 그럼 바로 준비하셔서 저와 함께 가세요. 수술 끝나고 깨어나셨을 때 바로 어머니와 마주치는 게 좋을 것 같습니다."

"알겠다. 네 아버지에게는 전화로 이야기할 테니, 동생들에게는 네가 이야기해라. 밥은 알아서 해 먹도록."

"알겠습니다."

어머니는 곧바로 이것저것들을 주섬주섬 챙기기 시작했다.

잠시 후, 선욱은 어머니와 함께 곧장 병원으로 향했다.

정유성의 어머니는 조금 전에 수술실로 들어갔고, 정유성은 수술실 앞에서 초조한 표정으로 서 있었다.

"형님."

"아, 선욱아."

"어머니를 모시고 왔습니다."

정유성이 선욱의 어머니를 향해 허리를 정중히 굽혔다.

"처음 뵙겠습니다. 정유성이라고 합니다."

"예, 반가워요. 부족함이 많은 우리 선욱이를 잘 좀 이끌어 주세요."

"아닙니다. 제가 오히려 선욱이의 도움을 많이 받고 있습니다. 그리고 진작 찾아뵙고 인사를 드렸어야 했는데…… 죄송할 따름입니다."

"아니에요. 바쁘신 분이 그럴 시간이 어디 있어요?"

"정말 죄송합니다. 어려운 부탁을 드리게 되어서."

"아니에요. 당연히 도와 드려야지요. 그리고 남도 아닌데……."

"그렇게 말씀해 주시니 고맙습니다."

"뭘요."

"그리고, 어머님. 지금부터 말씀 낮추십시오. 그리고 저도 아들로 대해 주십시오."

"어휴. 어떻게……."

"정말입니다. 꼭 그렇게 해 주십시오. 그래야 저도, 선욱이도 편합니다."

어머니가 선욱을 쳐다보았다.

선욱이 고개를 끄덕이자 어머니가 밝은 표정을 지었다.

"호호호, 나야 그럼 좋지. 이제 유명한 영화배우를 아들로 두게 되었네. 호호호."

선욱은 어머니가 이렇게 쉽게 정유성과 트고 지낼 줄은 몰랐기에 다소 놀랐다.

'우리 어머니한테도 능청스러운 구석이 있군. 후후후.'

세 사람은 수술실 앞에서 기다렸다.

선욱의 어머니는 정유성의 손을 꼭 잡아 주면서 그를 위로했다.

"괜찮으실 거다. 너무 걱정하지 마."

"예. 저도 알지만……."

"그래. 어머니는 강하신 분이다. 그분이 지금까지 살아오셨던 이야기를 들었다. 강한 분이 아니셨다면 널 이렇게 키우지도 못했을 거야."

정유성이 천천히 고개를 끄덕였다.

"고맙습니다. 어머님 말씀이 위안이 많이 됩니다."

대략 3시간이 흘렀다.

마침내 수술실에서 가운을 입은 의사가 나왔다.

오십 대 중반의 샤프하게 생긴 중년인이었는데, 반짝이는 금테안경을 꼈고, 날카로운 눈매가 특이했다.

"어떻게 되었습니까, 오 박사님?"

"다행히 수술은 잘 되었습니다. 만약 별 부작용 없이 회복한다면 화장을 짙게 하고 밖에 나가셔도 사람들이 잘 알아보지 못할 겁니다."

"아, 고맙습니다, 박사님."

"하하하, 정유성 씨 같은 대배우의 어머니를 치료하게
된 건 오히려 제가 영광입니다. 그럼, 곧 회복실로 옮기실
테니 그때 뵙도록 하십시오."

"예."

그로부터 약 1시간 후, 정유성은 회복실에서 어머니를
만날 수 있었다. 온 얼굴을 하얀 붕대로 칭칭 감고 있었
고, 허벅지와 엉덩이 부근도 붕대를 감았다. 그쪽의 살을
떼어 내 얼굴에 이식했기 때문이다.

어머니는 회복실에 들어온 후, 약 1시간 뒤에 깨어났
다.

"어머니."

"으음!"

얼굴에 맨 붕대 때문인지 어머니는 말을 제대로 하지
못했다.

정유성은 그런 어머니의 모습이 너무 안타까웠지만 어
쩔 수 없는 일이었다.

정유성이 병실을 나가더니 선욱과 그의 어머니를 모시
고 들어왔다.

"어머니, 선욱이는 잘 아시죠?"

어머니가 천천히 고개를 끄덕였다.

"그리고 여기 계신 분은 선욱이의 어머니십니다."

선욱의 어머니가 그녀에게 다가가 손을 잡았다.

"당분간 제가 돌봐 드리겠습니다."

정유성의 어머니가 고개를 가로저었다.

그러자 선욱의 어머니가 정유성과 선욱에게 말했다.

"너희들은 잠시 나가 있어라. 여자들끼리 할 말이 있
다."

선욱이 주저하는 정유성의 팔을 잡고 밖으로 나갔다.

병실을 나온 정유성이 걱정스러운 표정으로 안쪽을 기
웃거렸다.

"너무 걱정 마십시오. 다 잘될 겁니다."

"그래. 나도 그랬으면 좋겠다."

잠시 후, 병실에서 선욱 어머니의 목소리가 들려왔다.

"이제 들어오너라."

두 사람이 들어가자 선욱의 어머니가 밝은 표정으로 말
했다.

"내가 간호하겠다는 걸 허락하셨으니, 너희들은 이제
아무 걱정 말고 영화에 전념하도록 해라."

정유성이 반가운 표정으로 어머니의 손을 잡았다.

"어머니, 정말이세요?"

정유성의 어머니가 천천히 고개를 끄덕이더니 손을 들
어 아들의 얼굴을 쓰다듬었다.

"어머니."

정유성의 눈에서 굵은 눈물이 뚝뚝 떨어졌다.

✠ ✠ ✠

우르릉!

람보르기니가 굉음을 토해 내더니 거리를 질주하기 시작했다.

운전석에는 선욱이, 그리고 조수석에는 정유성이 타고 있다.

정유성은 느긋한 표정으로 등을 기대고 앉아 콧노래까지 흥얼거린다.

"뭐가 그렇게 좋습니까?"

"일단은…… 어머니를 모셔 와서 좋고, 다음에는 어머니가 성형수술을 받으셔서 좋고, 그다음에는 네 어머니가 우리 어머니를 가족처럼 돌봐 주셔서 좋고……."

"영화에 대한 이야기는 전혀 없군요. 지금 우리 영화 촬영을 가는 겁니다."

"기쁜 마음으로 영화 촬영에 임하겠다는 게 나빠?"

"오늘 촬영할 내용에서 주인공은 아주 슬프고 비통해야 합니다."

"그래? 그렇게 하지, 뭐."

"그러려면 감정부터 잡아야 하는 거 아닙니까? 연예가 뉴스를 보면 어떤 배우들은……."

"자신이 영화 속의 실제 인물이 된 것처럼 며칠 전부터 촬영에 맞춰 감정을 잡고 뭐 어떻게 하더라는 뉴스?"

"예."

"훗!"

"왜 웃으십니까?"

"그건 진짜 슬프고 힘든 삶을 살아 보지 못해서 그래. 그런 경험이 없으니까 준비가 필요한 거지."

"그럼 형님은……?"

"자라면서 겪었던 많은 일들 중에서 한두 가지만 떠올리면 세상 그 누구보다 슬픈 표정을 지을 수 있어. 그러니까 경험이 중요한 거야. 직접 살아 본 진짜 경험 말이야."

선욱이 천천히 고개를 끄덕였다. 정유성의 말이 일리가 있었던 것이다.

'후후후, 내 삶은 어땠을까?'

선욱은 지욘프리드의 삶을 되돌아보았다.

싸우고 또 싸운 기억밖에 없었다.

그때, 떠오르는 또 하나의 기억.

— 응애애!

아기의 울음소리가 지욘프리드의 뇌리를 흔들었다.

황제의 딸과 자신 사이에서 태어난 작은 아기.

지욘프리드는 아기를 보자 엄청난 충격을 느꼈다.

자신의 인생을 송두리째 뒤흔드는 그런 충격이었다.

지욘프리드는 그걸 견디지 못하고 집을 뛰쳐나왔다. 그리고 세상을 떠돌아다니며 강자들을 찾아다녔다.

그러던 어느 날, 청년 한 명이 찾아왔다.

감히 자신에게 도전을 하겠다는 것이다.

지욘프리드는 가소로웠지만 청년의 뜻이 가상해 상대해 주었다.

청년의 검술은 나이에 비해 상당히 강했다. 하지만 지욘프리드에게는 동네 꼬마의 칼싸움일 따름이다.

청년은 죽자 살자 지욘프리드를 공격했다.

지욘프리드가 그의 검을 떨궜지만 청년은 다시 검을 주워 들고 달려들었다.

지욘프리드는 분노를 느꼈다. 사정을 봐주었음에도 목숨을 걸고 달려들지 않은가.

지욘프리드는 준엄한 징벌을 가해야겠다고 생각했다.

채쟁!

날카로운 소리와 함께 청년의 검이 두 동강 났고, 한쪽 귀가 날아갔다.

하지만 청년은 멈추지 않았다.

검이 없으니 주먹으로 덤비기 시작한 것이다.

지욘프리드가 청년을 간단하게 제압한 후 물었다.

— 내게 원한이 있느냐?

청년은 큰 목소리로 원한이 있다고 했다.

지욘프리드가 무슨 원한이냐고 묻자 청년이 대답했다.

아비 없이 자란 자식의 설움이 원한이라고.

지욘프리드는 순간 둔기로 뒤통수를 얻어맞은 듯한 충격을 느꼈다.

청년은 바로 자신이 버리고 떠난 아들이었던 것이다.

"음!"

선욱이 나지막한 신음성을 흘렸다.

그때의 생각만 떠올리면 아직도 가슴이 두근거렸다.

아마 평생 동안 그 기억은 비수처럼 자신의 가슴을 찌를 것이다.

'그러고 보면 내게도 행복할 기회가 있었군. 내가 그걸 알지 못하고 걷어차 버린 것이야.'

지욘프리드는 스스로의 용기가 없었음을 탓했다.

"무슨 일이야, 선욱아?"

"아닙니다. 그보다 촬영장이 어딥니까? 길이 좀 복잡하군요."

"계속 직진이야. 그래서 그리운 우리 고향의 소똥 냄새가 솔솔 풍겨 오는 때쯤 우회전을 하면 돼."

"알겠습니다."

선욱은 계속해서 차를 몰고 가다가 소를 키우는 넓은

목장을 발견했다. 정유성의 말처럼 그곳에서는 가축 특유의 냄새가 났고, 곧이어 두 갈래 길이 나타났다.

거기서 우회전을 해 조금 더 가자 마침내 세트장에 도착했다.

민속촌을 그대로 옮겨 온 듯 상당히 큰 규모를 자랑하는 세트장이었다.

"대단하군요. 이 세트장을 짓는 데만도 적지 않은 돈이 들어갔을 것 같습니다."

"영화사에서 다 부담할 순 없지. 도와 협력해서 하는 거야."

"아!"

"촬영이 끝나고 영화가 히트를 치면 이곳은 많은 사람들이 찾아오는 관광지가 될 거야. 그럼 지역사회에서도 자연스럽게 수익을 얻을 수 있는 거지."

"그렇군요. 아, 저기 사람들이 보입니다."

촬영지에 도착한 후, 두 사람은 차에서 내렸다.

선욱이 영화 촬영장을 찾은 건 처음이었다. 항상 TV에서나 보다가 직접 와 보니 생각보다 모든 게 더욱 낯설고 이채로웠다.

"어서 오세요. 일찍 오셨네요."

눈에 익은 여자가 다가와 인사를 했다. 훈 미디어에서 보았던 비서였다.

두 사람은 장훈 감독에게 가 인사를 나눈 후, 촬영 준비를 했다.

몇 차례의 리허설이 있은 후, 마침내 촬영에 들어갔다.

위험한 연기는 없었기에 선욱은 감독 곁에서 구경만 했다.

정유성은 과연 프로 연기자다웠다. 그렇게 유쾌한 마음으로 촬영장에 왔지만 지금은 전혀 다른 사람이 된 듯했다.

'과연 최고의 배우가 다르긴 다르구나.'

선욱은 내심 고개를 끄덕이며 정유성의 연기를 눈여겨보았다.

촬영은 하루를 꼬박 넘기고 다음 날 새벽까지 이어졌다.

선욱조차 피곤함을 느낄 정도니 보통 사람들은 녹다운되기 일보 직전일 것이다.

하지만 모두들 악착같이 참아 내며 촬영에 임했다.

마침내 촬영이 끝났고, 감독이 오케이 사인을 냈다.

"수고하셨습니다."

"오늘 너무 잘하셨어요."

"연기 너무 잘하세요."

여기저기서 찬사가 쏟아졌다.

정유성은 특유의 밝은 미소를 지으며 촬영장에서 수고

한 모든 사람들에게 일일이 인사를 했다.

"수고하셨습니다. 예. 하하, 고맙습니다."

선욱은 그가 왜 한국의 톱 배우인지 그 모습을 통해 알 수 있었다. 정유성은 너무 겸손했고, 스스로를 낮출 줄 알았다. 그러니 영화계에서 평이 그렇게 좋은 것이다.

마지막으로 작별 인사를 한 후, 두 사람은 람보르기니에 올랐다.

차에 타자마자 정유성은 그대로 축 처졌다.

"괜찮습니까?"

"나 좀 잘란다. 병원에 도착하면 깨워 줘."

"예, 형님."

선욱은 정유성을 태우고 곧바로 병원으로 갔다.

깊이 잠든 정유성을 깨우기가 뭣 해서 선욱은 1시간가량 그냥 차에 앉아 있었다.

"형님, 이제 일어나시죠."

"아, 벌써 병원이야?"

"예, 아침입니다."

"휴우. 올라가 보자."

두 사람은 병원 주차장에서 병실로 올라갔다.

정유성의 어머니는 특실에 입원해 있었고, 그곳은 어지간한 호텔방 부럽지 않을 정도로 시설도 좋고 깨끗했다.

정유성 어머니는 아직 얼굴에 붕대를 감은 채 조용히

잠들어 있었고, 선욱 어머니는 침대에 몸을 기대어 아침 드라마를 보고 있었다.

선욱이 낮은 목소리로 속삭이듯 어머니를 불렀다.

"어머니."

"아, 선욱아, 유성아. 왔니?"

"어머님은 어떠십니까?"

"의사 선생님 말씀이 경과가 아주 좋다고 하시더구나. 걱정할 필요 없겠다."

정유성이 선욱의 어머니에게 머리를 숙였다.

"고맙습니다, 어머님. 덕분에 제가 촬영에 집중할 수 있었습니다."

"고맙긴. 여긴 내가 다 알아서 할 테니 너희들은 전혀 신경 쓰지 말고 촬영만 열심히 해."

"예, 어머님."

정유성은 침대에 잠들어 있는 어머니의 손을 잠시 잡고 있다가 선욱과 함께 병실을 나갔다.

두 사람은 곧바로 집으로 돌아간 후, 그대로 곯아떨어졌다.

"아함!"

선욱이 기지개를 켜며 잠에서 깨어났다.

아침에 잠들었었는데 깨어 보니 벌써 저녁이었다.

잠시 마나를 움직이자 몸과 마음이 모두 개운해졌다.

선욱은 정유성의 방으로 갔다.

방문 여는 소리에 정유성이 깨어났다.

"일어나셨습니까?"

"으응. 지금 몇 시야?"

"저녁입니다."

"벌써? 휴우, 배가 고픈 걸 보니 시간이 꽤 흐르긴 했군. 우리 뭘 먹지?"

"오랜만에 자장면이나 한 그릇 하죠."

"자장면 좋지. 탕수육도 하나 시키자."

"알겠습니다."

선욱이 중국집에 전화를 걸었고, 잠시 후 식사가 왔다.

식탁에 앉아 자장면과 탕수육으로 배를 채운 후, 두 사람은 소파에 늘어졌다.

다음 촬영까지 사흘이라는 시간이 있었고, 그때부터는 선욱도 대역의 역할을 해야 했다.

두 사람은 편안하게 소파에 앉아 영화에 대해 이런저런 이야기를 하다가 집에 대한 이야기가 나왔다.

"그런데 전에 살던 집은 어떻게 합니까?"

"아! 집 이야기가 나왔으니 하는 말인데……. 선욱아, 너희 집 일산이지?"

"예."

"아버님 직장은?"

"주로 서울입니다만……."

"잘됐네. 그 집에 들어가서 살아라."

"예?"

"그 집에 들어가서 살라구."

"말도 안 됩니다. 팔려고 내놓은 집이 아닙니까?"

"그 집이 얼만지 알아?"

"얼맙니까?"

"삼십오억 원이다."

선욱이 침을 꿀꺽 삼켰다. 서민이 평생을 벌어도 3, 4억 짜리 집 한 채 사기도 빠듯하다. 그런데 35억이라고 한다. 어마어마한 거금이 아닐 수 없다.

"서울에 아무리 부자가 많다고 해도 35억이나 되는 집이 덜컥 팔리겠어? 그렇다고 전세로 내놓기는 싫다."

"그렇다고 해서 어떻게 우리 식구들이 형님 집에 들어와 살 수 있단 말입니까? 아무리 형님과 제가 가족처럼 지낸다고 해도 그건 아닌 것 같습니다."

선욱이 의외로 완강하게 반대를 하자 정유성이 머리를 긁적였다.

"그럼 좋은 방법이 없을까……? 어차피 내가 그 집에 들어가는 날은 거의 없을 텐데. 너 알잖아? 내가 얼마나 바쁜지."

"나중에 장가가면 그 집으로 옮기십시오."

"훗! 장가는 무슨……. 그럼 이렇게 하자. 일산에 있는 집 아버님 명의로 되어 있지?"

"예."

"그 집을 팔아."

"예? 팔다니요?"

"그리고 그 돈으로 전세를 들어와라."

"형님."

"생각해 봐. 어차피 그 집은 비어 있을 거야. 그리고 집을 오래 비워 두면 금방 폐가처럼 변한다는 건 잘 알지?"

"그래도……."

"어차피 네 식구들도 내 식구나 다름이 없지 않냐? 그러니까 들어와서 살라구. 설마 내가 중간에 전세 올려 달라고 하겠냐?"

"싫습니다. 차도 부담스러운데 집까지 신세를 질 수는 없습니다."

"어허. 신세가 아니라니까 그러네. 네 동생들 학교만 전학시키면 아무 문제가 없잖아. 아버님은 일터가 가까워서 훨씬 편하실 테고."

이 말은 맞다.

서울에서 일산까지 출퇴근하는 건 결코 만만하지 않다.

특히 선욱의 아버님 경우 술자리가 늦어지는 경우가 많아 거기에 들어가는 대리운전비만 해도 한 달에 몇 십만 원이나 된다. 그런데 서울로 이사를 하게 되면 절반으로 줄일 수 있을 것이다.

"선욱아, 이건 너 좋고 나 좋은 일이다. 자존심 내세울 필요가 전혀 없어."

"자존심이 아닙니다. 단지 그건 좀 심하다는 생각이 들어서 그렇습니다."

"그 집 그냥 두면 폐가 된다. 그럼 나도 손해야."

"다른 사람에게 제값을 받고 전세를 주십시오."

"난 내 집에 다른 사람이 들어와서 사는 건 싫어. 네 가족이라면 괜찮지만."

"음……. 일단 가족들과 의논을 해 보긴 하겠습니다."

"그래. 잘 의논해 봐."

선욱은 곧바로 어머니에게 전화를 걸었다.

사정을 이야기하자 어머니는 그래선 안 된다고 했지만, 목소리에는 뭔가 아쉬운 마음이 묻어났다.

선욱은 곧바로 일산 집으로 향했다.

어머니를 제외한 가족들이 모두 모인 자리에서 선욱은 집 이야기를 꺼냈다.

그러자 두 동생들은 환호성을 지르며 좋아했다.

어차피 선민은 학교에 별다른 관심이 없었고, 졸업도

얼마 남지 않았다.

그리고 선영은 연기 학원이 서울에 있으니 다니기가 편하다고 한다.

하지만 아버지는 반대를 하셨다. 아무리 친한 사이라고 해도 지킬 건 지켜야 한다는 것이다. 그런 식으로 남의 집에 들어가 사는 건 경우가 아니라고 한다.

선욱도 기본적으로 아버지의 말씀이 옳다고 생각했다. 하지만 그것도 생각하기 나름이었다.

정유성의 말대로 그 넓고 비싼 집이 쉽게 팔리지도 않을 테고, 또 전세를 주기 싫다면 그냥 비워 두어야 한다. 그렇게 되면 얼마 지나지 않아 정말 폐가처럼 변하고 말 것이다.

선욱이 정유성에게 전화를 걸었다.

"형님, 가족들과 의논을 해 봤습니다. 동생들은 찬성이지만 아버지와 어머니가 반대를 하십니다. 그건 경우가 아니라고 하시면서 말입니다."

— 그래? 하긴, 어르신들은 그렇게 생각하실 수도 있겠다. 그럼 넌 어때?

"글쎄요. 저도 그게 옳은 경우라고 생각되지는 않습니다. 하지만 생각하기 나름이라는 생각도 들고……."

— 맞아. 생각하기 나름이야. 그럼 내가 부모님들을 만나서 설득해 봐야겠다. 우선 어머님을 찾아뵙고 말씀드린

후에, 내가 직접 그쪽으로 갈게.

"예? 우리 집으로 오신단 말입니까?"

— 그래. 내일 저녁에 찾아뵐 테니까 넌 그냥 거기 있어.

"바쁜 스케줄은 없습니까?"

— 지금 스케줄이 문제야? 취소하면 돼.

"하지만……."

— 그럼 내일 이때쯤 갈 테니까 그렇게 알아.

정유성이 일방적으로 전화를 끊었다.

선욱이 고개를 절레절레 흔들며 한숨을 쉬자, 곁에 있는 동생들이 눈을 동그랗게 뜬 채 물었다.

"형, 뭐래?"

"큰오빠, 방금 정유성 씨지? 뭐라고 해."

선욱이 대답했다.

"어머니와 아버지를 직접 찾아가 설득하겠단다."

"뭐? 그럼 여기 오겠다는 거야?"

"정말이야?"

선욱이 고개를 끄덕였다.

"그래."

"야호!"

"꺄악! 정유성 같은 대선배님께서 우리 집에 오시다니……."

선영은 아직 연예계에 데뷔하지도 않았으면서 정유성을
대선배라 칭한다.

선욱은 기뻐하는 동생들의 모습을 보자, 정유성의 말대
로 하는 것도 나쁘지 않을 것 같다는 생각을 했다.

8장
영화를 찍다

부르르릉!

우람한 덩치를 자랑하는 허머 한 대가 선욱의 아파트 주차장으로 들어왔다.

선욱이 미리 주차장에 나와 있다가 정유성을 맞았다.

정유성은 코트의 옷깃을 세우고, 모자를 쓴 채 검은 선글라스 안경까지 꼈다. 사람들이 알아보면 골치가 아프기 때문이다.

선욱은 정유성과 함께 집으로 올라갔다.

문을 열고 들어가자 두 동생들이 현관 앞에 나와 있다가 인사를 했다.

"어서 오십시오. 강선민입니다. 큰형님 팬입니다."

"안녕하세요. 강선영입니다."

정유성이 모자와 선글라스를 벗었다.

"아, 그래. 너희들 이야기는 많이 들었다. 정말 반갑다. 아버님은 안에 계셔?"

"예. 어서 들어오세요."

아버지가 소파에서 일어나 정유성을 맞았다.

"어서 오세요, 정유성 씨. 이거 영광입니다."

정유성이 아버지를 향해 정중하게 허리를 숙였다.

"처음 뵙겠습니다. 정유성입니다. 진작 찾아뵙고 인사를 드려야 하는데 늦어서 죄송합니다. 용서하십시오."

"허허허, 부족한 점이 많은 우리 선욱이를 잘 좀 이끌어 주세요."

"아닙니다. 제가 오히려 배우고 있습니다."

"자, 어서 이쪽으로 앉으세요."

"저, 그전에 아버님. 그냥 말씀 낮추십시오."

"오늘 처음 만났는데 어떻게⋯⋯."

"선욱이와는 형제처럼 지내는 사입니다. 그러니 제 아버님도 되시는 겁니다. 말씀 낮춰 주십시오. 그래야 편합니다."

"허허허, 그, 그래. 알겠네."

"하하하, 이제 마음이 편하네요."

"어서 앉아라. 선영아! 뭐 하니? 커피 타고 과일 깎아

오지 않고."

선영이 '네!' 하는 소리와 함께 부엌으로 쪼르르 달려
갔다.

잠시 후, 선영이 커피와 과일을 깎아 왔다.

그러고는 정유성의 왼쪽에 바짝 붙어 앉았다.

오른쪽에는 선민이 앉았고, 선욱은 바깥쪽으로 밀려났
다.

"차린 게 없어 미안하군. 많이 먹게."

"감사합니다."

"그래, 영화는 잘 되고 있는가? 선욱이가 폐를 끼치지
나 않았으면 좋겠는데."

"아직 선욱이는 촬영분이 잡히지 않았습니다. 하지만
곧 촬영에 들어갈 겁니다."

"잘 좀 가르쳐 주게."

"걱정 마십시오. 선욱이는 잘 할 겁니다. 그리고……."

정유성이 선영을 향해 고개를 돌렸다.

"선영이라고 했지? 연기를 하고 싶다고?"

선영이 과일을 오물오물 씹다가 꿀꺽 삼키더니 대답했
다.

"네."

정유성이 선영의 요모조모를 살피더니 고개를 끄덕였
다.

"예쁘게 생겼네. 턱 선을 조금 잡고 콧날만 바로 세우면 얼굴은 그만하면 됐고……. 키가 얼마지?"

"168센티미터예요."

"음. 키도 괜찮구나. 일단 외모는 어딜 가도 모자라지 않을 거다. 하지만 외모보다 중요한 게 개성이야. 보통 사람들은 연예인들의 화려한 외양만 보고 환호하지만 실제로는 어지간히 공부하고 노력해서는 연예계에서 살아남지 못해. 그러니 항상 노력하는 마음의 자세를 잃지 말아야 한다. 알았지?"

"잘 알겠어요."

"좋아. 그럼 내가 좋은 매니저 한 명을 소개해 줄 테니까 그분에게 열심히 배워. 알았지?"

"고맙습니다. 열심히 하겠습니다."

"그래."

"그런데, 저……. 오빠라 불러도 괜찮죠?"

"당연하지. 선욱이가 나를 형이라 부르니까 그냥 가족처럼 대해 줘. 나도 그럴게."

"호호호, 알았어요. 오빠. 큰오빠!"

선영이 정유성의 팔을 잡고 찰싹 붙었다.

"형, 저도 형이라 불러도 되죠?"

선민이 옆에서 물었다.

"그래, 물론이지."

"알겠습니다, 큰형."

그때, 선욱이 소리쳤다.

"형이라니! 나이 차이도 많이 나는데. 형님이라고 불러라."

선민이 입을 삐죽거렸다.

"쳇! 고루하신 우리 형 아니랄까 봐……."

"하하하. 괜찮다. 그냥 형이라고 해도 돼."

"아닙니다. 우리 형 화나면 무섭습니다. 앞으로 형님이라고 부르겠습니다. 형님!"

선민이 큰 소리로 그를 부르더니 와락 껴안았다.

정유성이 큰 소리로 웃었다.

옆에서 그 모습을 지켜보던 아버지도 미소를 지었다.

정유성은 연예계나 영화에 대한 이야기를 해 주었고, 선영과 선민은 눈을 동그랗게 뜨고 무척 재미있게 그 이야기를 들었다.

한동안 동생들에게 이야기를 해 주던 정유성이 선욱의 아버지에게 고개를 돌렸다. 이제 본론을 꺼낼 참이다.

"저, 아버님."

"그래, 말하게."

"이미 선욱이를 통해 들으셨으리라 생각합니다만……. 서울로 이사 오시는 게 어떻습니까?"

"음. 뜻은 고맙지만 사양하겠네. 그건 경우가 아닐세."

"그냥 들어와서 살라는 건 아니지 않습니까? 어차피 비워 두면 집은 망가집니다."

"그래도 그런 식으로 자네의 집에 들어가 살 수는 없네. 그건 너무 염치없는 짓이야."

"엄연히 전세금을 주시고 들어오는 겁니다. 그게 왜 염치가 없는 일입니까? 그리고 선욱이와는 친형제처럼 지냅니다. 그러니 저도 가족이 아니겠습니까? 큰아들이 아버님께 효도 한 번 하려고 한다 생각하시고 그냥 들어오세요."

"허허허, 이 사람이……."

"어머님은 아침에 찾아뵙고 이미 허락을 받았습니다."

"음. 그 이야기는 전화로 들었네."

"이제 아버님만 허락하시면 됩니다. 제발 허락해 주십시오."

선민과 선영이 간절한 표정으로 아버지를 쳐다보았다.

"아버지, 형님 말씀대로 하세요. 아버지 일터도 가까우시니 좋잖아요."

"아빠. 히잉! 나 서울에서 학교 다니고 싶단 말이야. 연기 학원은 여기서 너무 멀어. 히잉!"

선영이 아버지 곁에 붙어 앉아서 애교를 부렸다.

아버지는 난감했다. 마음 같아서는 당장이라도 그렇게 하고 싶다고 말하고 싶었다. 가족들 모두를 위해서도 그게 편하고 좋았기 때문이다.

하지만 아무리 가족처럼 지낸다 해도 남의 집을 그런 식으로 차지하고 앉아 산다는 건 아무래도 마음에 걸렸다.

선욱이 그때 입을 열었다.

"아버지, 형님 말씀대로 하시는 게 좋을 것 같습니다."

"음. 너도 그렇게 생각하느냐?"

"예. 경우가 아닌 건 알지만 형님과는 굳이 그런 걸 따지고 싶지 않습니다."

선욱이 이렇게 말을 하자 아버지도 결국 고개를 끄덕였다.

"그래. 장남인 네가 그렇게 생각한다면 나도 허락하마."

선민과 선영이 만세를 부르며 환호성을 내질렀다.

정유성도 함박웃음을 지으며 연신 고맙다고 말했다.

"허허허, 내가 오히려 고맙지 왜 자네가 고맙다고 하는 가? 이거 너무 염치없고 부끄럽구먼. 허허허."

아버지도 기쁜 표정으로 너털웃음을 터뜨렸다.

사실 서울로 이사를 하게 되면 가장 좋아할 사람이 바로 아버지였다. 교통비도 절약되고, 일터도 가까워졌으니 말이다.

이렇게 해서 선욱의 가족들은 정유성이 살던 집으로 이사를 가기로 결정했다.

하지만 시기는 좀 더 기다려야 했다. 우선 일산의 집을 팔아야 했고, 어머니가 돌아오셔야 했다. 아무래도 안주인이 직접 챙겨야 할 일이 많았기 때문이다.

선민과 선영은 당장이라도 서울 집을 보고 싶어 했고, 정유성이 즉시 제안을 했다.

"그럼 오늘 직접 가 보시죠. 그리고 아버님은 거기서 주무시고 내일 아침에 바로 출근을 하시는 게 어떻습니까?"

"아닐세. 그럴 수는 없네. 정식으로 집에 들어간 후에 그렇게 하겠네."

"예……."

"아버지, 저희들이 가서 그 집 보고 와도 되죠?"

"지금 이 시간에?"

"뭐 어때요? 형이 데려다 줄 텐데. 그렇지, 형?"

선욱이 고개를 절레절레 흔들더니 말했다.

"알았다. 그렇게 하자."

선영이 선욱에게 풀쩍 뛰어와 목을 끌어안았다.

"꺄악! 오빠 최고!"

"징그럽다. 떨어져라, 이 녀석아."

결국 정유성이 허머에 선민과 선영을 태웠고, 선욱은 람보르기니를 끌고 아파트를 나섰다.

람보르기니에 서로 타겠다고 아우성이던 동생들이 정유

성에게 매달리는 것을 보자 선욱은 한편에서는 서운한 마음이 드는 것을 느끼고 깜짝 놀랐다.

'허! 내게 이런 감정이……'

지욘프리드로서는 상상도 할 수 없는 일이었다.

덕분에 선민과 선영이 그의 마음속에 진짜 가족으로 자리 잡았음을 알 수 있었다.

한남동에 도착한 일행들은 아파트촌으로 들어갔다.

선민과 선영은 아파트 입구에서부터 입을 딱 벌렸다.

주위에 온통 고급 외제차들이 즐비했던 것이다.

잠시 후, 차를 주차하고 집으로 올라갔다.

선영과 선민은 현관문을 들어선 순간 석상이 되어 버렸다.

"세, 세상에……."

"이, 이게 집이야, 궁전이야……."

아파트에는 생활에 필요한 모든 물품들이 그대로 남아 있었다. 정유성이 사사로운 물품들과 옷만 빼 갔기에 말그대로 몸만 들어와도 충분히 살 수 있는 가재도구들이 모두 있었던 것이다.

"뭐 해? 들어가서 마음껏 구경해. 이제 너희들의 집이다."

"저, 정말 이게 우리 집인가요?"

"오, 오빠, 믿을 수 없어. 나 좀 꼬집어 봐."

선민이 손을 뻗어 선영의 뺨을 우악스럽게 꼬집었다.

"아얏! 그렇게 세게 꼬집으면 어떡해! 아파! 히잉!"

"네가 꼬집으라고 했잖아, 기집애야! 크크크."

선민이 재빨리 안으로 뛰어 들어가더니 곳곳을 누비기 시작했다.

"작은 오빠, 같이 가!"

선영도 곧바로 그의 뒤를 따랐다.

이리저리 뛰어다니며 구경하던 동생들은 연신 환호성을 지르며 서로 좋은 방을 차지하려고 아귀다툼을 벌였다.

선욱이 고개를 절레절레 흔들었다.

"죄송합니다. 동생들이 아직 철딱서니가 없어서……."

"하하하, 아냐. 난 좋아. 사실 왁자지껄한 가족들과 함께 시끄럽게 살아 보는 게 소원이었거든?"

정유성은 뭐가 그렇게 좋은지 흐뭇한 표정으로 동생들의 모습을 쳐다보았다.

"한데, 이 가구들은 다 어떻게 할 겁니까?"

"그냥 써. 다 새거나 마찬가지야. 내가 집에 들어온 날이 거의 없으니까. 침대만 새것으로 들여놓으면 돼."

"그래도 되겠습니까?"

"아니면 이것들 다 버려야 하는데, 정말 그렇게 할까?"

아파트 내에 있는 모든 물건들은 하나같이 최고급, 최신형이었다. 아마 그 물건들을 사느라 들어간 돈만 합쳐도 어지간한 변두리 아파트 한 채는 사고도 남을 것이다.

"버리다니요! 그럴 순 없죠."

"그러니까 그냥 써. 일산 집에 있던 물건들을 모두 버리고 와."

"음. 아무래도 그래야겠군요. 일단 그건 어머니와 의논을 해 봐야겠습니다."

"그래."

"어쨌든 고맙습니다. 형님께 신세만 지는 것 같군요."

"신세라니! 넌 가족과 행복이라는 가장 큰 선물을 내게 줬잖아."

"형님……."

정유성이 따뜻한 눈빛으로 선욱을 쳐다보았다.

✠　　✠　　✠

마침내 영화 촬영이 시작되었다.

선욱과 정유성은 조선시대의 검객들이 입는 옷을 입었고, 검이나 기타 소지품들도 똑같이 맞추었다.

정유성은 카리스마 넘치는 연기로 촬영장을 압도했고, 칼을 뽑아 드는 것을 끝으로 자신이 연기할 부분을 끝냈다.

여기저기서 탄성과 함께 박수 소리가 터져 나왔다. 그

만큼 정유성의 연기가 훌륭했던 것이다.

하지만 선욱은 정유성의 연기가 별로 마음에 들지 않았다.

정유성은 선욱의 표정이 그다지 좋지 않은 것을 보고 의아한 표정으로 물었다.

"왜 그래? 마음에 들지 않아?"

"솔직히…… 그렇습니다."

정유성이 눈을 동그랗게 떴다. 설마 선욱이 그렇게 이야기할 줄은 몰랐던 것이다.

"왜? 어떤 점이 마음에 들지 않았어?"

"형님의 표정이나 눈빛……. 그런 상황에서는 허세로밖에 보이지 않았습니다."

"뭐? 허세라고?"

"그렇습니다. 형님은 아직 검을 수련하는 단계입니다. 그런 사람이 다수의 적과 맞선 상황에서 검의 대가들이나 지을 수 있는 표정을 짓고 여유 있게 행동을 한다는 건 말이 되지 않습니다. 오히려 검을 쥔 손은 떨릴 것이고 눈빛은 두려움으로 가득 차 있어야 합니다. 그게 정확합니다."

"그래?"

정유성이 심각하게 생각하더니 선욱을 데리고 장훈 감독에게 갔다. 그러고는 선욱이 한 이야기에 대해 감독에게 말했다.

장훈 감독이 고개를 끄덕였다.

"선욱 씨의 말이 틀리지는 않습니다. 그렇지 않아도 저도 거기에 대해 고민을 했습니다. 리얼리티를 살리려면 선욱 씨의 말대로 하는 게 옳습니다. 하지만 영화를 보는 관객들에게 감정을 전달하고, 또 미래의 검신에 대한 카리스마와 암시를 전해 주는 데에는 약간의 과장도 필요한 법입니다."

정유성이 진지한 표정으로 잠시 고민하더니 말했다.

"영화의 포인트는 명성황후가 아니라 그녀의 호위무사입니다. 호위무사의 삶과 그의 일생을 다루는 데 주안점을 두려면 의도적으로 감정을 살리기보다는 리얼리티에 초점을 맞추는 게 어떨까요?"

"음! 일단 스텝들과 모여 다시 한 번 상의를 해 보겠습니다."

장훈 감독은 곧바로 스텝을 소집해 정유성과 선욱이 제안한 문제에 대해 의논했다.

그러자 의견이 반으로 갈라졌다.

한쪽은 지금까지 해 온 대로 그냥 가자고 했고, 다른 쪽은 리얼리티를 살리는 방향으로 가자는 것이다.

결국 장훈 감독이 한참을 고민하더니 결론을 내렸다.

"리얼리티를 살리는 쪽으로 갑시다. 화려한 대사나 검술을 보여 주기보다는 절제된 동작과 움직임으로 관객들이 저절로 주인공의 마음을 느낄 수 있도록 합시다."

그때, 스턴트와 무술 담당 조감독인 박종철이 반대를
했다.

"하지만 감독님. 그건 쉽지 않습니다. 리얼리티는 양날
의 검입니다. 제대로 살리면 명작이 되지만, 조금이라도
허술한 면이 보이면 바로 망하는 겁니다. 그리고 지금 관
객들이 원하는 건 화려한 액션입니다."

"음. 조감독의 말도 틀리지는 않아. 하지만 이번 영화
는 검객의 일생에 초점을 맞춘 거니까 그의 실제 모습을
제대로 보여 주도록 하자. 그러려면 무엇보다 리얼리티를
살리는 게 중요해."

박종철은 여전히 마음에 들지 않는다는 표정이었지만
장훈 감독의 마음이 굳어진 것을 보고 더 이상 뭐라 하지
않았다. 대신 날카로운 눈빛으로 선욱을 노려보았다.

결국 정유성은 재촬영을 하기 위해 준비를 했다.

정유성이 미간을 찌푸리며 검을 들고 이리저리 자세를
잡아 보았다.

하지만 여전히 자신의 자세나 표정이 마음에 들지 않는
지 고개를 갸웃거렸다.

선욱이 보다 못해 나섰다.

"잘 안 되십니까?"

"그래. 어떻게 해야 네가 말한 그런 감정들을 표현할

수 있을지 모르겠어."

"제가 좀 도와 드릴까요?"

"네가? 그럴 수 있겠어?"

선욱이 그의 맞은편에 섰다.

"제가 적이라 생각하고 검을 뽑아 보십시오."

정유성이 잠시 감정과 자세를 잡더니 선욱을 노려보았다. 그러고는 천천히 검을 뽑았다.

스르릉!

선욱이 곧바로 고개를 가로저었다.

"틀렸습니다. 그런 자세로 그렇게 천천히 검을 뽑다가는 단칼에 목이 날아갑니다."

"그럼……?"

선욱이 몸을 살짝 웅크리더니 정유성을 노려보았다.

그러고는 지욘프리드가 처음 적을 상대로 생사혈투를 벌였을 때를 떠올렸다.

부릅뜬 그의 두 눈에서 무시무시한 광망이 일어났다.

두려움과 살기가 혼재된 그런 눈빛이었다.

그리고 검자루를 꽉 움켜쥔 그의 손은 가늘게 떨렸고, 무엇보다 막 폭발하려는 강력한 기세가 그 속에 숨어 있었다.

정유성은 저도 모르게 '헉!' 하는 소리를 내며 뒤로 주춤거렸다. 도저히 선욱의 눈빛과 기세를 감당할 수 없었던 것이다. 여차 하면 그의 검이 자신의 심장을 꿰뚫을 것 같았다.

선욱이 자세를 풀었다.

"어떻습니까?"

"그, 그게⋯⋯. 너무 무서웠다."

"제가 방금 취한 자세와 눈빛까지만 연기하십시오. 그 다음은 제가 알아서 처리하겠습니다."

"그, 그래."

정유성은 떨리는 가슴을 진정시킨 후, 선욱이 취했던 자세와 눈빛을 떠올렸다.

정유성이 곧바로 그 자세와 눈빛을 취했다.

선욱이 고개를 가로저었다.

"상대를 꼭 죽여야겠다는 일념이 있어야 합니다. 더불어 자신이 죽을지도 모른다는 두려움도 눈빛에서 배어 나와야 합니다."

"알겠다."

정유성이 잠시 눈을 감고 감정을 잡더니 다시 자세를 취했다.

선욱은 다시 고개를 가로저었고, 정유성은 몇 번이나 반복해서 같은 자세를 취했다.

그러던 어느 순간 마침내 선욱이 고개를 끄덕였다.

"됐습니다. 그 정도면 비슷하게 흉내는 낸 것 같습니다."

"휴우! 그래? 이거 정말 어렵군."

"검에 죽고 사는 검객의 삶입니다. 쉬울 리가 없습니다."

"그래. 네 말이 옳다."

정유성은 자신의 준비가 끝났음을 감독에게 알렸고, 장훈 감독은 다시 촬영을 지시했다.

그는 선욱에게 배운 그대로 연기를 했다.

선욱은 그런 정유성의 모습을 보며 고개를 끄덕였다.

생사의 갈림길에 서 있는 절박한 감정이 그의 모습에서 절절이 배어 나왔다.

세 명의 적과 마주한 정유성이 검을 막 뽑아내려는 자세에서 움직임을 멈췄다.

"컷!"

감독이 소리쳤고, 정유성이 웅크렸던 몸을 일으켰다.

짝짝짝짝!

"좋았어!"

"아까보다 훨씬 현실감이 있어요. 눈빛이 장난이 아니던데요?"

"역시 정유성 씨야."

박수 소리와 함께 사방에서 찬사가 쏟아졌다.

정유성이 스텝들을 향해 머리를 숙이며 인사를 했다.

"수고하셨습니다."

장훈 감독이 만족스럽다는 표정으로 정유성을 불러 촬영한 부분을 보여 주었다.

정유성은 자신의 연기를 보고 고개를 끄덕였다. 이전에 찍었던 것에 비해 훨씬 리얼리티가 살아 있었던 것이다.

"괜찮군요."

"그렇죠? 아주 잘 나온 것 같습니다. 자, 그럼 액션 리허설 후에 곧바로 연기 들어가겠습니다. 박 실장, 준비하세요."

무술 조감독 박종철이 대답하더니 선욱을 불렀다.

선욱에게 자신의 자리를 빼앗겼다고 생각하는 탓인지 선욱을 쳐다보는 그의 눈빛은 좋지 못했다.

"검을 좀 배웠다던데……."

선욱은 내심 코웃음이 나왔지만 말썽을 일으키고 싶지 않아 조용히 고개만 끄덕였다.

"짜고 치는 고스톱이라는 말 들어 봤소?"

선욱이 다시 고개를 끄덕이자 그가 말을 이었다.

"액션이라는 게 다 그래. 이쪽이 이렇게 움직이면 저렇게 대응하는 거지. 원래 촬영에 들어가기 전에 손발을 맞춰야 하지만 감독님이 그러시더군. 그럴 필요가 없을 거라고."

"감독님 말씀이 옳을 겁니다."

"호오! 검술에 상당히 자신이 있는 모양이군. 좋소. 그럼 당신의 상대역은 이 세 사람이오. 모두 검술 유단자들이니 조심하는 게 좋을 거요."

선욱이 고개를 돌려 세 명의 상대역을 쳐다보았다.

모두들 매서운 눈매에 좋은 체격을 지니고 있다. 상당한 수준의 무술을 익힌 자들이 분명하다.

박종철이 그들의 가슴과 배 부위를 가리켰다.

"피 주머니가 있는 곳은 여기, 여기요. 재주껏 베어서 피 주머니를 터뜨려야 할 거요."

"알겠소."

"얼마나 잘할지 어디 두고 봅시다."

마침내 처음으로 선욱의 액션신 촬영이 시작되었다.

고난도의 무술 동작을 보여 주어야 하는 액션신이었고, 따라서 정유성은 도저히 소화할 수 없는 장면이었다.

선욱은 정유성이 마지막으로 취했던 자세부터 시작했다.

"레디! 액션!"

감독의 신호에 따라 소란스럽던 주변이 일순 조용해졌다.

세 명의 검객들은 이미 검을 뽑은 후였고, 날카로운 눈빛으로 선욱을 노려보았다.

날이 없는 검을 들고 있었지만, 그들의 표정은 더할 나위 없이 진지했고 무술을 익힌 사람들 특유의 기세가 뿜어져 나왔다.

선욱은 오래전 지욘프리드로서 처음으로 위기에 빠졌던 상황을 상기했다.

당시 그는 엑스퍼트 중급의 능력을 갖추고 있었는데, 비슷한 능력의 기사들 세 명으로부터 포위 공격을 받아 죽을 뻔했다.

선욱의 표정과 온몸에서 터질 듯한 긴장감이 느껴졌고, 그의 눈빛은 죽음의 위기에 처한 산짐승의 것처럼 변했다.

세 명의 검객들이 고함을 지르며 일제히 달려들었다.

선욱은 그들의 검이 가까이 다가오기를 기다렸다가 말 그대로 전광석화처럼 검을 뽑아 휘둘렀다.

슈아악!

섬뜩한 소리가 그의 검에서 울려 퍼졌고, 선욱의 검은 교묘하게 상대의 아래를 파고들다가 돌연 위로 치솟았다.

핏!

가벼운 소리와 함께 붉은 피가 뿌려졌다.

가짜 피였지만 선욱의 절묘한 검술에, 검에 베인 자의 실감 나는 연기가 더해지자 마치 사실인 것처럼 보였다.

선두에 있던 자를 베고 나자 양쪽에서 두 명의 검객들이 한꺼번에 달려들었다.

선욱은 살짝 뒤로 한 걸음 물러나는가 싶더니 좌측으로 튀어나갔다.

몸을 잔뜩 웅크렸다가 먹이를 향해 덮쳐 가는 살쾡이 같은 움직임이었다.

핏!

좌측에 있던 자가 피를 뿌리며 쓰러졌고, 그때 선욱의 등 뒤로 검이 날아왔다.

선욱은 마치 뒤에 눈이라도 달린 것처럼 자신의 검을 뒤쪽으로 뿌려 상대의 검을 정확히 쳐 냈다.

챙!

맑은 소리와 함께 허공에서 불꽃이 튀었다.

선욱이 자세를 낮추며 그 자리에서 빙글 돌았다.

슈악!

그의 검이 허공을 갈랐고, 마지막 남은 검객의 복부에서 피가 뿌려졌다.

"크으으!"

입에 물고 있던 가짜 피를 뱉어 내며, 마지막 남은 검객이 몇 걸음 비틀거리며 걷더니 마침내 쓰러졌다.

선욱이 천천히 몸을 일으키더니 검을 휘둘렀다.

츄아악!

그의 검에 묻어 있던 가짜 피가 깨끗이 뿌려졌다.

챙!

선욱이 마지막으로 검자루에 검을 집어넣자 감독이 소리쳤다.

"컷!"

촬영이 끝났지만 한동안 아무 소리도 들리지 않았다.

모두들 놀랍다는 표정으로 선욱을 쳐다보고 있었다.

선욱이 의아한 표정을 지었다. 뭔가 잘못되기라도 한지 걱정이 되었다.

그때, 누군가 박수를 치기 시작했다.

짝짝짝짝!

곧이어 환호성과 함께 우레와 같은 박수 소리가 사방에서 들려왔다.

"와아! 최고다!"

"정말 멋져요!"

"영화 촬영장이 아니라 정말 조선시대의 전장에 와 있는 느낌이에요. 감독님, 정말 좋은데요?"

장훈 감독도 만족스럽다는 표정을 지었다. 그리고 그도 내심 놀라고 있었다. 그는 기공과 검술을 제대로 배운 사람이다. 군더더기 하나 없이 펼쳐진 선욱의 검술이 아무나 할 수 없는 기술이라는 사실을 누구보다 잘 알았다.

'대사형이 검술로 이기지 못해 기검을 사용했다는 말이 실감 나는군. 정말 기술적으로는 완벽해.'

선욱이 물러나자, 모두 잠시의 휴식 시간을 가졌다.

스텝들 몇 명이 다가와 선욱에게 엄지손가락을 치켜세우며 잘했다고 격려해 주었다.

"선욱아, 정말 멋진데?"

정유성도 선욱의 어깨를 두드려 주었다.

"제가 아는 검술을 그대로 펼쳤을 뿐입니다."

"그동안 대역 연기자들을 적지 않게 봤지만 너처럼 현실감 있고 깔끔한 동작을 보여 준 사람은 처음이다."

"지금은 한참 검술을 수련하고 있는 와중이라 적당히 자세만 잡았을 뿐입니다. 주인공이 성장을 해서 검의 대가가 되었을 때, 그때 보여 줘야 할 검술이 정말 중요합니다."

"방금 보여 준 게 그냥 자세만 잡았을 뿐이라고?"

"진짜 검의 대가들은 화려하거나 요란한 동작을 취하지 않습니다. 그리고 거의 움직이지도 않고 적들을 제압하지요. 하지만 영화에서 원하는 건 화려한 액션 장면이 아닙니까?"

"그래. 아무래도 그게 관객들의 호응을 이끌어 내기가 좋으니까."

"그래서 고민입니다. 조선시대의 검신이라 불렸던 검객이 방정맞게 움직일 수도 없고, 그렇다고 너무 밋밋하면 재미가 없을 테니까요."

"그 중간점을 잘 생각해 봐."

선욱은 고민이 되었다.

자신이 마스터로서 사용했던 검술을 보여 주면 보통 사

람들은 이해도 하지 못할 뿐더러 재미도 없을 것이다. 관객들은 오히려 삼류 검객들이 펼치는 화려한 활극을 좋아한다.

선욱은 문득 전생의 지욘프리드로서 싸웠던 상대들을 떠올려 보았다. 그들 중에는 검의 대가들도 적지 않았고, 말년의 지욘프리드에 필적할 만한 검객도 한두 명 있었다.

'라흐트만…….'

라흐트만은 엘프다. 그리고 엘프들 중에서 가장 강하다고 알려진 검객이었다.

그는 얇고 가늘며 긴 검을 사용했는데, 엘프 특유의 빠른 움직임과 합쳐지자 놀랄 만한 위력을 보여 주었다.

당시 지욘프리드는 거의 3시간이 걸려서야 간신히 그의 검술을 파악했고, 다시 2시간이 더 걸린 끝에 제압할 수 있었다.

당시 보았던 그의 검술은 빠르고 화려했을 뿐 아니라 대가로서의 풍모 또한 엿보이는 훌륭한 것이었다.

'그의 검술을 흉내 내면 어느 정도 괜찮게 나오겠군.'

선욱이 천천히 고개를 끄덕였다.

✠ ✠ ✠

촬영장 한구석.

박종철이 선욱의 상대역을 맡았던 세 명의 검객들과 함께 인상을 잔뜩 구긴 채 서 있었다.

세 명의 검객들은 그의 앞에서 고개도 들지 못했다.

"도대체 어떻게 된 거야? 놈이 빌빌거리게 만들어 주라고 했지, 오히려 당하면 어떻게 해?"

"죄송합니다, 조감독님."

"죄송합니다. 하지만 놈의 검이 너무 빨랐습니다. 사실 전 어떻게 당했는지 알지도 못했습니다."

"바보같이……."

박종철이 어금니를 으드득 갈았다.

사실 그는 선욱과 특별히 손발을 맞출 필요 없이 그냥 실연을 하듯 액션 장면을 연기하면 된다는 감독의 말에 쾌재를 불렀다.

그런 식으로 영화를 찍을 수 있는 사람은 이 바닥에서 장훈 감독이 유일했다. 실제로 그는 거의 모든 액션 장면을 사전 모의 없이 실연을 했고, 따라서 그가 보여 주는 모든 장면들은 무척 현실감이 있었다.

하지만 그렇게 하기 위해서는 정말 무술의 달인이 되어야만 가능했다.

선욱은 아직 나이도 어렸고, 따라서 그가 무술을 배웠으면 얼마나 배웠겠냐는 생각을 했다. 그래서 자신이 아는 최고의 실력자들을 모두 동원해 선욱에게 창피를 잔뜩 안겨 줄 생각이었다.

그런데 결과는 전혀 반대로 나타나고 말았다.

선욱은 한창때의 장훈 감독 이상으로 실연을 멋지게 펼쳐 낸 것이다.

'젠장! 이대로 흘러가면 정말 그 자식이 내 자리를 차지하고 말 텐데……..'

박종철이 두 눈빛을 차갑게 가라앉혔다.

'어쩔 수 없군. 다소 위험하긴 해도 그 방법을 써야겠어. 그렇다고 해도 설마 크게 다치기야 하겠어? 어디 한두 군데 부러지는 정도겠지. 후후후.'

박종철은 내심 선욱을 쓰러뜨릴 은밀한 음모를 꾸며 내기 시작했다.

9장

촬영장에서 생긴 일

촬영은 순조롭게 진행되었다.

이제 스텝들 모두 선욱의 실력을 인정했고, 친근하게 대하는 사람들도 제법 생겼다.

선욱은 그런 촬영장의 분위기가 좋았다.

사람들 모두 자신들이 맡은 일에 최선을 다했고, 그들이 하는 각각의 일들이 유기적으로 맞물려 하나의 영화를 만들어 내는 과정을 지켜보는 것도 즐거웠다.

선욱은 영화계에서 일을 한다는 게 꽤나 즐거울 수 있다는 사실을 알았다.

'나도 영화배우가 될까?'

선욱이 헛웃음을 터뜨리더니 고개를 절레절레 흔들었다.

"선욱 씨! 떡볶이 먹어요!"

갑자기 들려온 목소리에 고개를 돌려보니 조명 담당 스
텝들 몇이 모여서 떡볶이를 먹고 있었다.

선욱이 그들에게 다가가더니 스스럼없이 옆에 끼어 앉
았다.

"웬 떡볶이입니까?"

"우리 막내가 짬을 내서 사 온 겁니다."

앳되어 보이는 청년 한 명이 조용히 앉아서 헤헤 웃고
있었다. 영화계에 막 뛰어든, 그야말로 신참 중의 신참이
다.

하지만 나이로 따지자면 선욱과 같았다.

선욱은 그들과 함께 떡볶이의 오묘한 맛을 즐겼다.

그때, 웬 여인의 목소리가 들렸다.

"선욱 씨!"

고개를 돌려보니 신수지다. 그녀가 양손 가득 뭔가 잔
득 든 채 힘겹게 걸어오고 있었다.

선욱이 그녀를 향해 뛰어가 짐을 대신 들었다.

"수지 씨가 어떻게 여길……."

"촬영 지원차 들렸죠."

"지원이라니요?"

"모두들 힘드실 텐데 잘 먹어야죠. 여기 족발 사 왔어
요."

"아!"

"어서 스텝들에게 나눠 주세요."

"알겠습니다. 고맙습니다."

선욱은 신수지가 사 온 족발을 모두에게 나눠 주었다.

스텝들 대부분 신수지를 알고 있었고, 그녀를 향해 손을 흔들며 고마워했다.

선욱은 신수지를 데리고 장훈 감독에게 갔다.

그곳에 정유성과 여주 김연희도 함께 있었다.

"안녕하세요?"

"오! 신 차장. 어서 오세요."

"모두들 수고 많으시죠? 제가 족발 좀 사 왔어요. 드세요."

"족발 좋지요. 감사히 먹겠습니다."

신수지가 탁자 위에 족발을 펼쳤다.

향긋한 냄새에 모두들 침이 절로 넘어갔다.

선욱도 그들과 함께 앉아 족발을 먹었다.

신수지가 선욱의 팔을 슬쩍 건드렸다.

선욱의 의아한 표정을 짓자 신수지가 저쪽으로 가자는 눈짓을 했다.

그 장면을 목격한 정유성이 헛기침을 하더니 말했다.

"선욱아, 먼저 일어나 봐."

"예?"

"험험. 숙녀께서 이 먼 촬영지까지 찾아오셨는데, 그냥 보내야 되겠어? 구경 잘 시켜 드려."

신수지가 손으로 입을 가리며 웃었다.

"어머! 고마워요, 정유성 씨. 호호호, 그래도 제 생각 해 주는 분은 정유성 씨밖에 없네요."

"하하하, 선욱이도 가끔 신 차장님 이야기를 합니다."

"어머. 그래요?"

선욱이 '내가 언제?' 라는 표정으로 정유성을 쳐다보았다.

"뭘 해? 어서 일어나지 않고."

선욱이 마지못해 몸을 일으켰다.

"가시죠. 제가 구경시켜 드리겠습니다."

신수지가 좋아라, 하면서 선욱 곁에 바짝 붙었다.

"고마워요, 선욱 씨."

영화 세트장으로 걸어가는 두 사람의 모습을 보며 정유성이 중얼거리듯 말했다.

"두 사람 잘 어울리는 것 같지 않습니까?"

장훈 감독이 고개를 끄덕였다.

"그렇긴 하군요. 하지만 나이 차이가 제법 날 텐데요."

"중요한 건 마음이지 나이가 아니지 않습니까?"

"하긴, 그렇긴 하죠. 그런데 정유성 씨는 아직 사귀는 분이 없습니까?"

"휴우! 그냥 팔자려니 하고 삽니다."

"세상에! 정유성 씨 같은 분이 혼자 사실 팔자라면 대한민국 남자들 모두 접시 물에 코를 박아야겠군요."

"인연이 닿는다면 언젠가 제 짝도 나타나겠지요. 억지로 사귀고 싶은 마음은 없습니다."

"하하하, 그도 그렇군요. 인연이라⋯⋯."

장훈 감독의 시선이 멀어져 가는 선욱과 신수지의 뒷모습을 향했다.

한편, 선욱은 신수지와 함께 세트장을 돌아다녔다.

세트장은 꽤나 세밀하게 지어져 조선시대 한양에 와 있는 것 같은 착각이 일어날 정도였다.

"어머! 정말 잘 만들었군요."

"경기도의 지원을 받아서 만들었다고 합니다. 영화가 성공하면 훌륭한 관광지가 될 겁니다."

"그래요. 관광지로서 전혀 손색이 없어 보여요. 우리 저 성곽 위로 한번 올라가 봐요."

"그쪽은 길이 좀 험합니다. 아직 완성되지 않아서⋯⋯."

"선욱 씨가 잡아 주실 거죠?"

"뭐⋯⋯. 그러죠."

신수지가 묘한 표정을 짓더니 선욱과 함께 성곽으로 올라갔다.

선욱의 말대로 길이 상당히 험했다. 더구나 반대편은 10미터에 이르는 낭떠러지라 자칫 떨어지기라도 하면 사람이 죽을 수도 있었다.

신수지는 선욱의 팔에 매달린 채 행복한 미소를 지으며 천천히 성곽으로 올라갔다.

선욱은 별생각 없이 신수지의 어깨를 감싸 안다시피 해서 위로 올라갔다.

마침내 성곽 위에 오른 두 사람은 아래를 내려다보았다.

영화 세트장 전체가 한눈에 들어왔다.

신수지가 두 팔을 활짝 벌리며 세상을 안는 몸짓을 했다.

"아! 모든 게 다 보이네요. 정말 좋아요."

"후후후."

"어머! 선욱 씨가 웃을 줄도 알아요?"

"신수지 씨 하는 행동이 귀여워서 웃었습니다."

"네?"

신수지가 황당하다는 표정을 지었다.

'아, 아무리 그래도 내가 귀엽다는 소리 들을 나이는 아닌데……'

신수지는 묘한 기분을 느꼈다. 마치 이팔청춘으로 다시 돌아간 것 같다.

그리고 보면 선욱은 지금도 자신이 어른인 것처럼 신수지를 쳐다보고 있다. 선욱이 나이에 비해 조숙하다는 사실은 잘 알고 있었지만, 지금 그의 표정은 신수지보다 오히려 연장자 같다.

아버지가 뛰어노는 자식을 흐뭇한 표정으로 쳐다보는 듯 말이다.

어쩌면 신수지는 선욱의 이런 분위기 때문에 끌리는 것인지도 몰랐다.

"오늘 날씨가 참 좋네요."

신수지는 당황스러운 마음에 뜬금없이 날씨 이야기를 꺼냈다.

선욱이 '훗!' 하고 웃더니 고개를 끄덕였다.

"그러게 말입니다. 여기서 보는 하늘이 서울보다는 훨씬 파랗군요."

"그죠? 공기도 무척 좋은 것 같아요. 이런 곳에서 살면 좋겠다."

"저도 그렇습니다. 답답한 서울의 생활은 마음에 들지 않습니다."

"어머. 그런가요? 그럼 우리……."

신수지가 말을 하려다 말고 헛기침을 하며 고개를 돌렸다.

'오늘따라 내가 왜 이러지? 이러다 정말 푼수 되는 거

아냐? 에효!'

신수지가 고개를 절레절레 흔들었다.

신수지는 잘 알고 있었다. 자신이 선욱과 연인 관계로 발전하거나, 나아가서 결혼까지 하게 되는 건 사실상 불가능하다는 사실을 말이다.

선욱과 자신 사이에는 무려 11살이라는 나이 차이가 존재했다. 대여섯 살은 어느 정도 커버가 될지 몰라도 11살은 너무하다.

이런 사실들을 떠올리자 신수지는 다소 침울해졌다.

'젠장! 괜찮은 남자 겨우 만났는데 왜 이렇게 어린 거야? 아이고, 내 팔자야……'

그때, 선욱의 목소리가 들렸다.

"왜 그러십니까, 수지 씨?"

"아, 아니에요. 그만 내려가죠."

그녀가 등을 돌리려는 순간, 갑자기 발을 헛디뎠다.

신수지는 비명을 지를 틈도 없이 성곽 바깥쪽으로 몸이 쏠렸다.

그때, 그녀의 허리를 받쳐 드는 손이 있었다.

선욱이었다.

선욱은 신수지를 잡아당겨 그녀를 품에 안았다.

신수지는 너무 놀라 얼굴이 하얗게 변했다.

"하아! 하아!"

심장이 미친 듯이 뛰고 호흡이 가빴다.

"괜찮으십니까?"

"예? 아, 예……. 죄송해요……."

신수지는 선욱의 품에 안겨서 얼굴을 빨갛게 물들인 채 고개를 숙였다.

어떤 남자라도 이런 상황이라면 품속의 여자에게 특별한 감정을 느낄 법하지만 선욱의 표정은 무덤덤하기만 하다.

"그만 내려가시죠."

선욱이 신수지의 손을 잡았다. 그러고는 조심스럽게 아래로 내려왔다.

신수지는 땅에 발을 디딜 때까지 아무 말도 하지 않고 있었다.

'내, 내가 주책이야. 이 나이에…….'

신수지가 선욱의 손을 놓더니 말했다.

"그만 가 볼게요."

"아직 구경 다 하지 않았습니다."

"괜찮아요. 다음에 또 오죠."

"알겠습니다. 그럼 다음에 마저 구경시켜 드리죠."

"정말요?"

"물론입니다."

"고마워요."

선욱은 그깟 일로 고마워하는 신수지의 마음을 이해할 수 없었지만 그냥 고개를 끄덕였다.

신수지는 그 길로 세트장을 떠났다.

날이 어두워졌다. 하지만 촬영장은 많은 사람으로 북적이고 있었다.

모두들 야간 촬영에 대비하느라 눈코 뜰 새가 없이 바쁘다.

이번 촬영은 무척 중요하고 또 위험하다.

주인공이 적들로부터 쫓기게 되는데 그 과정이 무척 험하기 때문이다.

선욱은 장훈 감독, 그리고 스텝들과 함께 동선을 살폈다.

"저쪽에서 저 건물 지붕으로 건너뛰어야 합니다. 그리고 다시 저 벽을 타고 내려오세요. 거기서 적이 나타나면……."

선욱은 감독의 말을 듣고 자신이 움직여야 할 동선을 기억했다.

하지만 스텝들은 영 불안한 표정이다. 아무리 봐도 사람이 실연을 하기에는 너무 위험해 보였던 것이다.

오죽하면 주연배우인 정유성도 와이어 액션으로 가자고 말했을 정도다.

그러나 정작 당사자인 선욱과 장훈 감독은 태연한 표정이었다. 장훈은 선욱이 기를 다룰 수 있으며, 따라서 그런 사람이라면 보통 사람은 상상할 수 없는 일도 해낼 수 있음을 잘 알았기 때문이다.

마침내 촬영이 시작되었다.

이번에는 스턴트맨들이 총출동했다.

그리고 그중에는 무술 담당 조감독인 박종철도 있었다.

워낙 위험한 장면이 많아서인지 그의 표정도 상당히 굳었고, 왠지 안절부절못하는 모습이었다.

마치 잘못을 저지른 아이가 어른에게 그 사실을 숨기려는 듯 말이다.

"자, 그럼 촬영 들어갑니다. 음향, 조명, 그리고 카메라 스탠바이!"

사방에서 '오케이!'라는 소리들이 들려왔다. 그리고 촬영이 시작되었다.

선욱은 잠시 눈을 감고 자신이 움직여야 할 동선을 생각한 후, 몸을 날렸다.

선욱이 마치 다람쥐처럼 건물의 기둥을 타고 지붕으로 올라갔다.

"잡아라!"

"저기다!"

사방에서 고함 소리가 들리더니 검을 든 무사들이 선욱

을 쫓기 시작했다.

선욱은 지붕을 따라 달리다가 여기저기서 불쑥 솟구치는 무사들을 향해 검을 휘둘렀다.

무사들이 피를 뿌리며 지붕에서 굴러떨어졌다.

하지만 지붕 아래에는 푹신한 매트리스가 깔려 있었고, 덕분에 무사들은 전혀 다치지 않았다.

선욱의 앞에 꽤 넓은 공간이 나타났다. 다음 지붕까지는 그 공간을 뛰어넘어야 했다.

선욱은 마나를 발휘해 가볍게 뛰어넘었다.

스텝들 모두 촬영 중이라 큰 소리를 지르지는 못했지만, 모두 놀라는 표정이다.

선욱은 다시 무사들과 싸움을 벌인 후, 지붕과 지붕을 넘어 다니며 쫓겼다.

그때, 그의 앞에 무사 한 명이 나타났다. 얼굴을 보니 바로 박종철이었다.

박종철은 단단히 결심한 듯 매섭게 검을 휘둘렀다.

선욱은 그의 검을 살짝 피한 후, 자신의 검을 휘둘렀다.

단 일검에 박종철의 가슴에 숨겨 두었던 피 주머니가 터졌다. 박종철이 믿을 수 없다는 듯 눈을 크게 떴다. 마음 같아서는 다시 검을 휘둘러 보고 싶었지만, 그랬다가는 촬영이 엉망이 될지도 몰랐다. 결국 그는 비명을 지르며 비틀거리다가 지붕 아래로 떨어졌다.

선욱은 가볍게 지붕을 타고 내려왔다가 담벼락을 타고 올라가 좁은 담장 위를 뛰었다.

묘기에 가까운 동작이었다.

선욱은 담에서 다시 지붕으로 건너뛰었다. 그때, 갑자기 우두둑 하는 소리가 선욱의 발밑에서 들렸다.

선욱이 지붕을 뚫고 아래로 떨어지기 시작했다.

상당히 높은 곳이었고, 그곳에서 누가 떨어지기로 예정되지 않았기에 바닥에 매트리스도 깔려 있지 않았다.

선욱은 재빨리 마나를 발휘해 몸을 최대한 가볍게 한후, 바닥에 착지했다.

쿵!

묵직한 소리가 마룻바닥에서 울렸다.

"선욱 씨!"

"선욱아!"

장훈 감독과 정유성이 가장 먼저 선욱이 떨어진 집 안으로 뛰어 들어왔다.

선욱이 아무렇지도 않은 표정으로 옷에 묻은 먼지를 툭툭 털었다.

"괜찮습니까, 선욱 씨?"

"선욱아! 다치지 않았어?"

선욱이 무덤덤한 표정으로 고개를 끄덕였다.

"괜찮습니다. 그런데 지붕이 상당히 약하군요."

선욱이 위를 올려다보았다.

지붕의 커다란 구멍을 통해 검은 하늘이 보인다.

선욱은 구멍 주변을 살폈다. 제법 굵은 나무들이 천정을 받치고 있어 상당히 튼튼해 보인다. 사람 몇 명이 올라간다 해도 무너질 것 같지 않다.

장훈 감독은 그 정도로 선욱이 다치지 않는다는 사실을 잘 알았기에 별말이 없었지만 정유성은 많이 놀랐다.

"도대체 세트를 어떻게 지었기에 이 모양이야?"

정유성이 버럭 고함을 질렀다. 평소 그의 말투나 행동을 생각하면 과하다 싶을 정도의 반응이다.

"형님, 전 괜찮습니다."

"그래도…… 감독님, 일단 시설 점검부터 한 후에 다시 찍어야겠습니다."

"알겠습니다. 그렇게 하죠."

선욱이 두 사람과 함께 집에서 나왔다.

밖에 있는 스텝들은 선욱이 멀쩡한 모습으로 걸어 나오자 모두들 안도의 한숨을 내쉬었다.

스텝들과 함께 서 있는 박종철만이 미간을 찌푸리며 안타깝다는 표정을 지었다. 그는 최소한 이번 사고로 선욱의 팔이나 다리 정도는 부러질 줄 알았던 것이다. 그런데 멀쩡하게 걸어 나오는 모습을 보니, 그는 도저히 이해할 수 없었다.

'젠장, 이 정도로는 다치지도 않는다는 건가? 다음 기회를 노려야겠군.'

다음 날 오후까지 세트장에 대한 점검이 있었다. 그리고 별 이상이 없음을 발견하고는 다시 촬영에 들어갔다.

박종철은 이제 더 이상 세트장으로는 음모를 꾸밀 수 없었다. 비슷한 일이 다시 벌어지면 의심을 받게 될 가능성이 높았다.

결국 그는 다른 방법을 찾았다.

마침 적당한 액션 장면이 있었다. 주인공이 적에게 잡혀 몽둥이찜질을 당하는 장면이었다.

원래는 맞아도 아프지 않은 가짜 몽둥이를 사용하지만 박종철이 살짝 장난을 쳤다.

진짜 몽둥이로 바꿔치기를 했던 것이다.

그러고는 그 장면에서 연기를 할 연기자를 조용히 만났다.

"연석아."

"예, 형님."

"너, 이 바닥에서 뜨고 싶지."

"제가 어떻게……."

"다 알아, 인마. 내가 도와주지."

"종철 형님께서 도와주신다면 제게 영광일 뿐입니다."

"내일 남주 대역에게 몽둥이찜질하는 장면 있지?"

"예, 있습니다."

"내가 특별한 몽둥이 하나 줄 테니까, 그걸로 놈의 팔이나 다리 하나만 작살내라."

"예?"

"그런다고 사람 죽는 거 아니다. 좀 다칠 뿐이지."

"하지만 그건……."

"남주 대역 원래 형 차지였다. 그거 알지."

"압니다."

"어디서 이상한 놈이 튀어 들어와서 형 꿈을 산산이 부셨다. 그것도 알지?"

"잘 압니다."

"형 한 번 도와주라."

"……."

"이번만 잘 도와주면 다음에 너 확실히 키워 준다. 내 이름을 걸고 약속한다."

"형님……."

"연석아, 부탁한다."

"알겠습니다, 형님. 하지만 이런 일은 이번뿐입니다."

"물론이다. 나도 이러고 싶지 않다."

연석이라 불린 사내와 헤어진 박종철이 차가운 미소를 지어 보였다.

✠   ✠   ✠

"자, 이제 촬영 들어갑니다. 준비해 주세요."

장훈 감독의 지시에 따라 스텝들 모두 긴장된 표정으로 촬영 준비를 마쳤다.

선욱은 입으로 피를 흘리면서 몇 명의 무사들을 베었고, 다음 순간 그 자리에 쓰러졌다.

독을 먹는 바람에 힘을 쓰지 못하게 된 것이다.

결국 선욱은 적의 손에 사로잡혔고, 그들의 소굴로 끌려갔다. 그곳에서 두 손을 묶인 채 적들로부터 고문을 당하게 되었다.

먼저 장정들 서넛이 그의 주위를 둘러싸고는 몽둥이찜질을 하는 것부터 시작했다.

퍽퍽퍽!

선욱은 온몸을 사정없이 두드려 맞으며 고통스러운 표정을 지었다.

선욱에게 몽둥이질을 하는 사내들 중에 장연석이 있었다. 그는 자신이 쥐고 있는 몽둥이가 가짜가 아니라 진짜임을 잘 알고 있었다.

그는 눈을 딱 감고 선욱의 팔을 내리쳤다.

'퍽!' 하는 모진 소리가 났다.

보통 사람이라면 비명을 지르거나 팔이 부러지고도 남을 정도였지만 선욱은 별다른 반응이 없었다. 그냥 사방에서 쏟아지는 가짜 몽둥이에 맞은 듯 이리저리 몸을 뒤틀며 고통스러운 연기를 하고 있을 뿐이다.

퍽! 퍼버벅!

장연석은 의아한 생각이 들었다. 자신이 혹시 가짜 몽둥이를 잘못 들고 온 게 아닌가 싶었다.

그는 더욱 강한 힘으로 몽둥이를 휘둘렀고, 선욱은 고통스러워하면서 그 몽둥이질을 견뎌 냈다.

"컷!"

감독의 목소리에 따라 몽둥이질이 멈췄고, 선욱도 몸을 일으켰다.

"선욱 씨, 수고하셨습니다."

장훈 감독이 선욱을 격려했고, 정유성이 그에게 다가갔다.

"선욱아, 이런 장면 정도는 내가 할 수 있는데……."

"아닙니다. 형님은 다음 장면이 중요하니 거기 집중해야 합니다. 전 괜찮습니다."

"하하하, 그래. 고맙다. 그런데 너 몽둥이찜질당하는 모습이 아주 실감 나더라."

선욱이 묘한 표정을 지으며 중얼거리듯 말했다.

"그럴 수밖에요……."

선욱의 시선이 슬쩍 한쪽으로 향했다.

장연석이 자신의 몽둥이를 내려다보며 고개를 갸웃거리고 있었다. 그리고 누군가를 쳐다보며 어깨를 으쓱해 보이는 것이었다.

선욱은 그가 쳐다보는 방향을 살폈고, 거기 박종철이 서 있음을 알았다.

박종철은 그와 눈짓을 주고받고 있었는데, 그 모습을 본 순간 선욱은 상황이 어떻게 흘러가는지 이해할 수 있었다.

장연석은 곧바로 촬영장 뒤로 들어가 자신의 몽둥이를 살폈다.

"이상하군. 진짜 몽둥이 맞을 텐데……."

그는 그 몽둥이로 자신의 다리를 후려쳐다.

퍽!

"크윽!"

눈물이 찔끔 날 정도로 아프다.

"세상에! 이거 진짜 몽둥이 맞는데……. 도대체 놈은 어떻게 견뎌 냈지?"

"많이 아팠다."

갑자기 들려온 목소리에 그가 기겁한 표정으로 고개를 돌렸다. 얼마 떨어지지 않은 곳에서 선욱이 서서 자신을 노려보고 있었다.

장연석이 당황한 표정으로 주춤거렸다.

"촬영을 망칠 수 없어 그냥 참았지."

선욱이 자신의 소매를 걷었다. 그러자 시퍼렇게 멍이
든 피부가 나타났다.

사실 선욱은 몽둥이찜질을 당하는 동안 마나를 끌어 올
리지 않았다. 그런데 갑자기 자신의 팔을 내리치는 몽둥
이로부터 엄청난 충격을 느끼고는 깜짝 놀랐다.

곧바로 마나를 끌어 올려 몸을 보호하기는 했지만 두세
대 정도는 몸을 보호하지 못한 채 맞았던 것이다.

만약 선욱이 마나를 수련한 몸이 아니었다면 그의 팔은
그대로 부러지고 말았을 것이다.

선욱이 천천히 그에게 다가갔다.

장연석이 몽둥이를 들어 올리더니 당황해했다.

"오, 오지 마."

"어떻게 된 거지? 누가 시켰나?"

"그, 그게 아니라……. 몽둥이가 바뀐 줄 모르고…….."

"그게 말이 된다고 생각하나?"

"으으……."

장연석은 난감했다. 이런 상황에서는 입이 열 개라도
변명할 말이 없었다.

"연석아! 도대체 어떻게 된……. 헉!"

박종철이 갑자기 나타나 소리치다가 선욱을 발견하고는

크게 놀라는 표정을 지었다.

선욱이 천천히 그를 향해 고개를 돌렸다.

"당신이 지시한 일입니까?"

"나, 나는……."

박종철이 아무 말도 못한 채 주춤거렸다.

"남주 대역 자리가 그렇게 탐이 났습니까?"

선욱이 다시 물었다.

박종철의 안색이 일그러지더니 아랫입술을 잘근 깨물었다.

"그래! 내가 그랬다. 내가 그랬어!"

선욱이 차가운 눈빛으로 그를 노려보았다.

박종철은 될 대로 되라는 듯 울분을 토해 내기 시작했다.

"내가 이번 대역 연기를 하려고 얼마나 준비했는지 알아? 그런데 네놈이 그 역을 가로챘단 말이다. 넌 내 꿈을 박살 냈어."

"당신의 꿈이 얼마나 원대한지는 모르겠지만 이런 방법으로는 결코 이룰 수 없다는 사실을 모릅니까?"

"크으으……. 마음대로 해라. 나, 나는……."

"혹시 저번에 지붕에 구멍이 나서 떨어진 것도 당신이 손을 썼습니까?"

"아, 아니다."

"표정을 보니 거짓말에 서툴군요."

"아니라니까!"

"좋습니다. 그건 아니라고 하니 아닌 걸로 칩시다. 하지만 이번 일은 어떻게 책임질 겁니까?"

박종철이 주먹을 불끈 거머쥐며 온몸을 부르르 떨었다.

"혀, 형님. 그냥…… 잘못했다고 합시다. 범죄자가 될 수는 없습니다."

장연석이 몽둥이를 바닥에 떨어뜨렸다.

박종철은 여전히 무서운 눈빛으로 선욱을 노려보았다.

마음 같아서는 당장이라도 선욱을 어떻게 하고 싶었지만, 차마 그럴 수는 없었다. 그땐 정말 범죄자가 되어 감옥에 가고 말 것이다.

마침내 박종철이 긴 한숨을 내쉬더니 고개를 떨구었다.

"마음대로 해라."

선욱이 그런 그를 쳐다보더니 말했다.

"잘못을 인정하는 겁니까?"

"그래. 내가 시켰다. 내가 책임질 테니까 연석이는 그냥 용서해 다오."

박종철은 한숨을 내쉬며 하늘을 올려다보았다. 오늘의 이 사실이 세상에 알려진다면 영화계에서 그가 설 자리는 더 이상 없을 것이다.

'모든 게 헛되구나. 순리에 따랐어야 했는데…….'

후회의 감정이 물밀듯이 밀려왔다. 하지만 이미 늦었다.

영화계에서의 모든 경력은 물거품이 되고 말았으니 말이다.

그때 선욱의 나지막한 목소리가 들려왔다.

"한 가지만 약속하면 눈감아 드리겠습니다."

선욱의 말에 박종철이 고개를 번쩍 들었다.

"저, 정말이냐…… 입니까?"

"앞으로 영화 촬영에 최선을 다해서 임해 주십시오. 물론 두 번 다시 꼼수 따위는 부리지 말고 말입니다."

"야, 약속드립니다. 정말 열심히 하겠습니다."

"좋습니다. 두고 보겠습니다."

선욱이 걸음을 옮기려 하자 박종철이 그의 팔을 잡고는 머리를 숙였다.

"고, 고맙습니다. 정말 고맙습니다. 크흐흑!"

굵은 눈물이 그의 눈에서 뚝뚝 떨어졌다.

박종철로서는 지옥으로 떨어졌다가 천국행 급행열차를 탄 것이나 다름이 없었다.

"사람이 한 번 정도는 실수를 할 수 있다고 생각합니다. 하지만 두 번은 안 됩니다. 앞으로는 스스로에게 부끄러운 짓은 하지 마십시오."

"예, 선욱 씨. 크흐흑! 그리고…… 죄송합니다."

선욱이 천천히 고개를 끄덕이더니 그 자리를 떠났다.

장연석이 박종철에게 다가왔다.

"형님……."

"연석아, 미안하다. 네게 몹쓸 일을 시켜서……."

"앞으로 잘하면 됩니다. 우리 열심히 합시다, 형님."

"그래."

두 사람이 손을 맞잡았다.

10장

인간쓰레기

우르릉! 부우우우웅!

묵직한 배기음이 오늘따라 경쾌하게 들린다.

차창을 스치는 바람이 시원하고, 스피커를 통해 들려오는 음악이 경쾌하다.

선욱과 정유성은 람보르기니를 타고 서울로 향하고 있었다.

일주일간 이어진 철야 촬영이 마침내 끝났고 며칠간의 휴식 시간이 주어졌다.

마나를 익힌 선욱도 피곤함을 느낄 정도였으니 정유성은 몸과 마음이 파김치가 되었으리라.

하지만 두 사람의 마음은 가볍기만 하다.

정유성의 어머니가 마침내 붕대를 풀고 퇴원을 했고, 선욱의 가족들은 이사를 하게 되었다.

선욱은 마음이 훈훈해져 얼굴에서 미소가 떠나지 않았다.

예전의 지욘프리드였다면 상상하기 어려운 표정을 그는 지금 자연스럽게 짓고 있다.

"기분 좋아?"

"예? 아, 예……."

"너 평소에도 자주 그런 표정을 지어라. 보기 좋다."

선욱이 대뜸 안색을 굳혔다.

"쯧쯧쯧, 금세 예전으로 되돌아가는군."

"고맙습니다, 형님."

"고맙긴! 그 소린 내가 하고 싶다. 네 어머님 덕분에 우리 어머니께서 편안한 마음으로 회복하셨어. 그리고 그거 알아? 어머니들끼리 어느새 언니, 동생 하고 계시더라."

"예?"

"너희 어머님이 두 살 많으셔. 그래서 우리 어머니가 동생이 되셨다. 그제 잠시 병원 다녀왔는데, TV 리모컨 차지하려고 언니, 동생 하면서 싸우고 계시더라."

선욱의 얼굴이 실룩거리더니 웃음소리가 터져 나왔다.

"하하하하!"

어머니 두 분이 서로 언니, 동생 하면서 싸우는 모습을 떠올리자 갑자기 웃음이 터져 나왔던 것이다.

　정유성이 두 눈을 휘둥그레 떴다.

　선욱은 한참을 웃다가 문득 분위기가 이상한 것을 느끼고 고개를 돌렸다.

　정유성이 경악한 표정으로 자신을 쳐다보고 있음을 알게 된 선욱이 다시 안색을 굳혔다.

　"왜 그렇게 쳐다보십니까, 형님?"

　"너 그거 아니?"

　"뭘 말입니까?"

　"네가 내 앞에서 그렇게 소리 내어 웃은 게 처음이라는 사실 말이다."

　선욱이 흠칫하는 표정을 지었다.

　선욱은 다른 사람 앞에서 소리 내어 웃은 기억이 없었다. 전생의 지욘프리드였을 때도 마찬가지다. 피식거리는 정도로 웃은 적은 있지만 남 앞에서 소리까지 내 가면서 웃은 적은 한 번도 없었다.

　'허허허, 내가 이런 모습을 보이다니⋯⋯.'

　선욱은 놀랍도록 변한 자신의 모습이 스스로 생각해도 믿기 어려웠다.

　"선욱이 너도 웃을 줄 아는구나⋯⋯."

　정유성이 별 희한한 것을 다 봤다는 듯 선욱을 쳐다보

며 고개를 끄덕였다.

선욱은 너무 부끄러워서 쥐구멍이라도 들어가고 싶었
다.

"험험! 빨리 가도록 하죠."

선욱이 엑셀레이터에 발을 올렸다.

부아아아앙!

람보르기니가 무서운 속도로 바람을 가르기 시작했다.

선욱이 믿을 수 없다는 표정으로 두 눈을 크게 떴다.

끔찍하다 싶을 정도로 망가져 있던 정유성 어머니의 얼
굴이 놀랍도록 변했기 때문이다.

"어, 어머님! 정말……."

선욱은 차마 말을 잇지 못했다. 현대 의료 기술이 상당
히 진보했다는 사실을 알고는 있었지만, 정유성 어머니의
얼굴을 이렇게까지 감쪽같이 고칠 수 있으리라고는 상상
도 하지 못했다.

머리카락을 자연스럽게 길러 흉측한 한쪽 귀를 가렸고,
얼굴에 화장을 하고 나자 얼핏 봐서는 조금도 이상한 점
을 느낄 수 없었던 것이다. 이제, 그냥 밖에 외출한다고
해도 자세히 살펴보지 않으면 보통 사람의 얼굴과 구분이
잘 가지 않을 정도다.

정유성 어머니가 부끄러운 듯 고개를 한쪽으로 돌렸다.

"그, 그렇게 보지 말게……."

"아닙니다. 정말 이제 괜찮으신 것 같습니다. 형님, 축하드립니다."

"하하하, 요즘 성형 기술이 어느 정돈지 알겠지?"

"예. 이러니 연예인들이 너도나도 성형을 하는군요."

"그래서 요즘은 키가 크고 끼만 있으면 누구나 연예인이 될 수 있어. 몸은 만들면 되고, 얼굴도 고치면 돼. 노래 실력이 좀 딸려도 음향 기술로 충분히 커버할 수 있지."

"그렇군요."

"하지만 그렇게 만들어진 연예인은 오래 살아남을 수 없어. 진짜 실력을 갖춰야만 장수할 수 있는 게 연예계다."

선욱이 고개를 끄덕이며 선영을 떠올렸다.

'그 녀석이라면 잘 해낼 수 있겠지.'

"선욱아, 오늘 이사하는 날이잖아. 어서 가 봐."

"아, 예. 그래야겠습니다. 어머님, 몸조리 잘하십시오."

"그래요. 조심해서 가요. 이사 잘 하고. 그리고 경자 언니에게 내일쯤 떡 해 가지고 찾아간다고 전해 줘요."

경자는 선욱 어머니의 이름이다.

선욱은 '풋!' 하고 웃음을 터뜨리더니 대답했다.

"알겠습니다. 그럼 전 이만!"

선욱이 두 사람에게 작별을 고하고 일산 집으로 향했다.

아파트 앞에 도착하자 이삿짐센터의 탑차 한 대가 와서 짐을 옮기고 있었다.

그리고 재활용품 수거 센터의 화물 트럭도 와 있었다.

마침 놀토(쉬는 토요일)였기에 아버지를 제외한 식구들이 총출동해서 이삿짐을 나르고 있었다.

"어머니."

"선욱아! 왔니?"

"고생 많으셨죠? 일찍 왔어야 했는데……."

"아니다. 짐은 거의 다 실었다. 뭐, 사실 옮길 큰 짐은 거의 없다. 그래서 옷가지들하고 개인적인 물품들만 가져간다."

"네."

그때, 선민과 선영이 각자 커다란 가방을 들고 오더니 람보르기나 조수석의 문을 동시에 잡았다.

"막내야, 저리 꺼져 줄래?"

"흥! 레이디 퍼스트도 몰라?"

"그건 상대가 레이디일 경우에 적용되는 거야."

"나 레이디 맞거든?"

어머니가 그 모습을 보고는 혀를 찼다.

"쯧쯧쯧, 저런 철딱서니 없는 것들……. 너희들은 짐차 타고 와! 선욱이 차는 오늘 내가 탈 거다."

"어머니!"

"엄마! 그런 경우가 어딨어?"

어머니가 코웃음을 쳤다.

"흥! 나라고 이런 스포츠카 타지 말라는 법 있냐? 오늘은 장남에게 효도 한 번 받아야겠다."

선욱이 미소를 지으며 동생들에게 손을 휘휘 저었다.

"너희들은 저쪽으로 가! 오늘은 어머니 모신다."

"어머니! 정말 그러실 거예요?"

"히잉! 나 오빠 차 타고 싶은데……."

동생들은 쓴 입맛을 다시며 결국 짐차로 걸어갔다.

잠시 후, 짐을 모두 싣고 떠날 준비를 마쳤다.

어머니는 동네 아주머니들과 작별 인사를 나누었다.

"어머! 선욱 엄마는 좋으시겠다. 서울로 이사를 다 가시고."

"엄청나게 큰 집이라면서요?"

어머니가 밝게 웃으면서 은근히 자랑을 했다.

"호호호, 어쩌다 보니 그렇게 되었네요. 우리 장남 덕분이죠, 뭐. 호호호."

"어머. 벌써 자식 덕을 다 보시네? 부러워요."

"몸조심하세요. 서울 가도 우리들 잊지 말고 연락 주

세요."

어머니는 아주머니들과 작별 인사를 나눈 후, 람보르기
니에 올랐다.

우르르릉!

묵직한 배기음과 함께 람보르기니는 동네 아주머니들의
부러움 섞인 눈빛을 뒤로하고 아파트를 떠났다. 그와 동
시에 이삿짐을 실은 탑차 한 대와 일꾼들이 탄 승용차가
뒤를 따랐다.

✠　✠　✠

이사를 모두 마친 선욱은 다음 날 아침, 조용히 람보르
기니를 몰고 집을 떠났다.

선욱이 찾아간 곳은 선무도관이었다.

카운터에 앉아 있던 조현경이 선욱을 반갑게 맞았다.

"어서 오세요, 선욱 씨."

"그동안 잘 계셨습니까, 현경 씨?"

"그동안 바쁘셨나 봐요?"

"예. 영화 촬영 때문에 좀 바빴습니다."

"영화는 잘 되어 가고 있나요?"

"생각보다 힘들더군요. 하지만 보람이 큽니다."

"그래요? 히유우!"

조현경이 한숨을 푹 내쉬더니 다시 말했다.

"선욱 씨는 좋겠어요. 영화도 다 찍고……."

"어르신은 계십니까?"

"할아버지야 항상 삼 층에서 수련을 하시죠. 올라가 보세요."

"예, 그럼."

선욱은 조현경과 가볍게 인사를 나눈 후, 3층으로 올라갔다.

"어르신, 오랜만입니다. 잘 지내셨습니까?"

"오! 강 군. 어서 와."

선욱이 앞에 앉자 조종학이 그의 얼굴을 지그시 쳐다보았다.

"왜 그렇게 쳐다보십니까?"

"얼굴이 좋아졌군."

"예?"

"예전에는 잔뜩 굳은 얼굴이더니 이제 제법 여유가 느껴져."

"특별히 달라진 건 없는데, 어르신께서 그렇게 생각하셔서 그리 보이는 게 아닙니까?"

"그럴 수도 있겠지. 하지만 강 군 표정이 예전보다 훨씬 밝아진 건 사실이야."

"예……."

"영화 찍는 게 즐겁나?"

"괜찮은 것 같습니다. 보람도 있고……."

"허허허, 그래. 사람은 일을 하고 보람도 느끼면서 살아야 제대로 사는 게야."

"어르신 도움이 큽니다."

"내가 뭐 해 준 게 있다고. 한데, 요즘 기공 수련은 어떻게 되어 가는가?"

"덕분에 많은 진전이 있었습니다. 조만간 새로운 기공을 하나 만들어 낼 수 있을 것 같습니다."

선욱의 말에 조종학이 눈을 크게 떴다.

"뭐, 뭐라? 새로운 기공을 만들어 낸다고?"

"예. 한데, 그게 그렇게 놀랄 일입니까?"

"놀랍지. 강 군처럼 젊은 나이에 새로운 기공을 만들어 낸다는 게 가당키나 한 줄 아는가? 그건 기적이라 해도 모자랄 일일세."

"……."

"강 군은 아무리 생각해도 수수께끼 같은 인물이로군."

선욱은 굳이 변명할 생각이 없었다. 사실 마나 연공법을 새롭게 창안한다는 것은 무척 어려운 일이기 때문이다.

선욱이 화제를 바꾸었다.

"부탁드릴 게 있습니다."

"음. 무엇인가?"

"예전에 제가 다쳤을 때 복용시켜 주셨던 비전 단약 말입니다."

조종학의 안색이 살짝 찌푸려졌다.

"천기환 말이군."

"그걸 천기환이라 부릅니까? 어쨌든 그 단약을 한 알만 제게 주실 수 없겠습니까?"

"특별한 이유가 있는가?"

"실은 제 동생 때문입니다."

"그럼, 동생에게 기공을 전수하려고……?"

"그렇습니다. 녀석이 내년에 특전사에 지원하겠다는군요. 그리고 제대 후에는 용병이 되고 싶답니다."

"뭐라? 용병? 허!"

조종학이 탄성을 흘렸다.

용병이라는 게 그렇게 말처럼 쉬운 직업이 아니다. 목숨을 내걸어야 하는 일이다.

"가족들이 아무리 말려도 듣지 않을 녀석입니다. 그래서 기공을 전수하고 단전을 만들어 주면 살아남을 확률이 높아지지 않겠습니까."

"음. 그렇긴 하지. 보통 사람으로서는 상상하기 힘든 힘과 움직임을 발휘할 수 있을 테니."

"부탁드리겠습니다, 어르신."

"그것참 어려운 부탁이군."

"대가가 필요하시다면 뭐든 좋습니다. 제가 드리겠습니다."

"단전을 만들어 주는 비전 단약이 돈으로 살 수 있는 물건이라 생각하는가?"

"그렇지는…… 않겠지요."

"그렇네. 그건 돈이나 다른 물질로 따질 수 있는 물건이 아니네."

"그러니 이렇게 부탁드리는 것입니다."

"사실 그 단약은 직계 가족들에게만 줄 수 있네. 그거 가법일세. 예외적인 경우도 있기는 하지만 무척 어려운 일이지."

"어르신."

조종학이 곰곰이 생각하더니 다시 입을 열었다.

"강 군에게는 미안하지만 아무래도 그건 좀 곤란하군."

선욱이 침울한 표정을 지었다.

힘들 거라는 사실을 알고는 있었지만, 면전에서 거절당하니 충격이 컸던 것이다.

하지만 선욱은 포기할 수 없었다. 동생의 생명이 달려 있기 때문이다.

선욱이 잠시 고민하더니 마침내 입을 열었다.

"천기환을 주신다면 저도 어르신께 드릴 것이 있습니다."

"어허! 돈이나 물질로는 거래할 수 없는 것이라 하였거늘……."

"제가 드리려는 건 그런 게 아닙니다."

"아니라고? 그럼 무엇인가?"

"검에 대한 깨우침을 전해 드리겠습니다."

"뭐, 뭐라? 깨우침?"

조종학이 다소 황당하다는 표정을 지었다.

검에 대한 깨우침이라면 오히려 자신이 선욱에게 전해 주는 게 옳기 때문이다.

선욱은 조종학의 표정을 보고 간단히 몇 마디 말했다.

지온프리드가 깨달은 검의 정수 중에서 일부였다.

선욱의 말을 들은 조종학의 안색이 크게 변했다.

"가, 강 군이 어찌 그런 검의 도리를……."

"제게 검술을 전해 준 도인이 남기신 겁니다. 지금은 이해하기 어렵겠지만 살아가다 보면 조금씩 깨우치게 될 거라고 하면서 말입니다."

"아! 그랬군. 어쩐지 강 군은 나이에 맞지 않게 검술에 대한 이해도가 높다 했더니……."

"어떻습니까, 어르신. 제가 도인에게 들은 깨우침은 상당히 깁니다. 그걸 모두 알려 드리겠습니다."

"음!"

조종학이 나지막한 신음성을 흘리며 고심했다.

사실 검술에 대한 깨우침은 가문의 비전에 실려 있는 것만으로도 차고 넘친다. 문제는 그걸 어떻게 깨우치느냐 하는 것이다.

여기서 또 다른 깨우침을 더 얻는다고 해도 실질적으로 검술을 익히는 데에는 큰 도움이 되지 않을 것이다.

"사실 외부인에게 천기환을 줄 수 있는 예외적인 가규에 이런 조항이 있네. 가문의 검술에 큰 도움을 주었을 경우 천기환을 답례로 줄 수 있다고 말이네."

"아! 그럼 어르신께서 허락만 하신다면 문제가 없겠군요."

"그렇네."

"부탁드리겠습니다, 어르신."

"음!"

조종학이 선욱을 쳐다보았다. 보면 볼수록 탐나는 인재다. 가능하면 제자로 받아들이고 싶지만 본인이 싫다고 하니 다른 방법을 통해서라도 자신의 곁에 잡아 두고 싶다.

그리고 그에게 천기환을 전해 주는 것도 한 가지 방법이 될 수 있으리라 생각했다.

마침내 조종학이 결심을 굳혔다.

"알겠네. 그럼 자네가 들은 선인의 깨달음을 전해 주는 조건으로 천기환 한 알을 주겠네."

"아! 감사드립니다, 어르신. 정말 고맙습니다."

지욘프리드가 태어난 이래 타인에게 이렇게까지 고맙다고 머리를 숙인 건 지금이 처음일 것이다.

"잠시 기다리게."

조종학이 밖으로 나가더니 잠시 후 들어왔다.

그런데 그의 손에는 작은 목갑 하나가 들려 있었다.

"여기 있네. 천기환일세."

선욱이 조심스럽게 목갑을 받아 들었다.

"감사합니다, 어르신."

"제대로 복용시킬 수 있겠는가?"

"예. 제가 운공을 도우면 됩니다."

"음. 쉽지 않은 일일 텐데……."

"걱정 마십시오. 동생 녀석의 기감도 무척 뛰어난 편입니다."

"호오! 부러운 집안이로군."

"제가 도인으로부터 전수받은 깨달음은 글로 적어서 다음에 가져오겠습니다."

"알겠네. 그렇게 하게."

"그럼 전 이만 가 보겠습니다."

"함께 내려가세. 나도 일 층에 볼일이 있네."

"예."

두 사람은 함께 1층으로 내려갔다.

선욱이 떠나고 나자 조종학이 손녀에게 말했다.

"어떠냐?"

"네? 뭐가요?"

"강 군 말이다."

"무슨 뜻으로 물어보시는 거예요, 할아버지?"

"인물 좋지. 키 크지. 심성도 그만하면 됐고……."

"할아버지! 지금 손녀를 도매급으로 팔아넘기시겠다는 거예요?"

"허허허, 그냥 그렇다는 말이다. 왜 화를 내고 그러느냐? 난 잠시 나갔다 오마."

조종학이 도망치듯 밖으로 나갔다.

그가 나가고 나자 조현경은 잠시 씩씩거리다가 자리에 앉았다.

그녀는 문득 선욱의 얼굴을 떠올려보았다.

특별한 감정이 있는 건 아니었는데, 할아버지의 말을 듣고 보니 그가 새롭게 보였다.

'그러고 보니 딱히 단점은 안 보이네. 뭐, 사람은 겪어봐야 아는 거지만.'

그녀가 입을 삐죽이더니 카운터에 앉았다.

✠ ✠ ✠

어두운 밤.

신호등마저 대부분이 노란 경고등으로 바뀌어 깜빡이는 깊은 밤중에 대로를 질주하는 스포츠카 한 대가 있었다.

부아아앙!

스포츠카는 무서운 속도로 질주했고, 한남동 어딘가에서 멈추었다.

운전석 문이 열리더니 묘령의 여인이 내렸다.

어두운데다가 밤임에도 불구하고 짙은 선글라스를 끼고 있었고, 얼굴은 붉게 상기되어 있다. 게다가 입에서는 술 냄새까지 훅훅 뿜어졌다.

묘령의 여인은 거침없이 걸음을 옮기더니 고급 아파트 촌으로 들어갔다.

입구의 경비는 꾸벅꾸벅 조느라 그녀가 들어가는 것을 보지도 못했다.

그녀는 거침없이 엘리베이터를 타고 올라가더니 누군가의 집 초인종을 울렸다.

잠시 후 스피커를 통해 자다 깬 목소리가 흘러나왔다.

— 누구세요?

묘령의 여인이 벌컥 소리쳤다.

"야! 강선욱!"

— 네? 누구시기에 이 늦은 밤에 선욱이를 찾아요?

"강선욱, 어서 나와! 어서!"

그녀가 악을 쓰며 소리쳤다.

철컹!

아파트 문이 열리더니 중년 여인이 고개를 내밀었다.

바로 선욱의 어머니였다.

"여기 강선욱 없어? 강선욱!"

"아가씨! 도대체 이 늦은 밤에 우리 선욱이는 왜 찾아요? 도대체 누구…… 어휴! 술 냄새!"

어머니가 코를 막고 안색을 찌푸렸다.

"무슨 일입니까, 어머니?"

"엄마, 누구야?"

집에 불이 켜졌고, 식구들이 눈을 비비며 나왔다.

선욱이 그들 중에 있었다.

"아니, 당신은……."

"야! 강선욱! 너 잘 만났다!"

선욱은 급히 밖으로 나가더니 그녀를 데리고 집 안으로 들어왔다.

"이 시간에 여길 어떻게……."

선욱이 말을 하다 말고 미간을 찌푸렸다. 그녀로부터 나는 지독한 술 냄새 때문이다.

"많이 취하셨군요. 일단 방으로 들어가십시오."

"야! 니가 강선욱이야? 그래. 너 잘났다. 너 잘났어!"

선욱이 그녀의 목덜미 부근을 가볍게 눌렀다.

그러자 그녀가 그대로 기절한 듯 쓰러졌다.

선욱이 재빨리 그녀를 안아 들고는 빈방으로 들어갔다.

손님을 치르기 위해 침대까지 들여놓은 방들 중 하나였다.

선욱은 그녀를 침대에 눕힌 후, 이불을 덮어 주고는 방을 나왔다.

"휴우!"

가족들 모두 호기심 어린 표정으로 선욱을 쳐다보았다.

"선욱아, 도대체 누구니?"

"형, 누구야?"

"예쁜 아가씨 같던데, 누구야, 오빠?"

선욱이 고개를 절레절레 흔들었다.

"그냥 아는 사람인데, 술을 잔뜩 마시고 날 찾아왔나 봐. 모두 들어가."

선욱의 대답이 궁색했는지 식구들 모두 묘한 표정으로 그를 쳐다보았다.

"그런 게 아닙니다, 어머니. 그냥 주무세요. 내일 깨어나면 사정을 물어보고 말씀드릴게요."

"음. 알았다. 여보, 들어가요."

아버지가 헛기침을 하더니 어머니를 데리고 들어갔다.

어머니는 날카로운 눈빛으로 선욱을 쳐다보았다.

묻고 싶은 게 한두 가지가 아닌 표정이다.

그때, 선영이 손님방을 기웃거리려 했다.

"선영아!"

"깜짝이야, 오빠. 도대체 누군데 그래?"

"내일 말하겠다고 했잖아. 어서 들어가서 자."

선욱이 눈을 부라리자 선영과 선민은 찍 소리도 못 하고 자신들의 방으로 들어갔다.

식구들이 모두 들어가고 나자 선욱은 거실 소파에 앉았다.

'박지선 씨가 도대체 이 시간에 왜 나를 찾아온 거지? 내가 사는 곳은 어떻게 알았을까?'

그랬다. 오밤중에 선욱의 집을 찾아와 발칵 뒤집어 놓은 사람은 바로 대한민국 여성 스타 중의 스타 박지선이었다.

선욱은 오만 가지 생각을 다 하면서, 거실에서 뜬눈으로 밤을 새웠다.

다음 날 아침.

선욱은 식구들이 일어나기 전에 조용히 손님방으로 갔다.

박지선은 가볍게 코까지 골면서 깊은 잠에 빠져 있었다.

선욱이 그녀의 목덜미를 가볍게 주물렀다.

"으음!"

나지막한 신음 소리와 함께 그녀가 눈을 떴다.

"여긴……."

"박지선 씨!"

"헉!"

그녀가 깜짝 놀라더니 이불을 끌어당겼다.

"다, 당신은 강선욱 씨……. 선욱 씨가 왜 제 방에……."

그녀가 방을 둘러보더니 경악한 표정을 지었다.

"여, 여긴 어디죠?"

"기억이 나지 않습니까?"

"도대체 무슨 일이……."

"어젯밤에 저희 집을 찾아오셨습니다."

"네? 제가요? 왜요?"

그 말은 선욱이 묻고 싶은 것이었다.

"다행히 늦은 밤이라 아무도 지선 씨를 알아보지는 못했습니다. 어서 정신을 차리시고 집으로 돌아가도록 하십시오."

"그렇다면 제가 어제 취해서 선욱 씨 집을 찾아왔단 말인가요?"

"그렇습니다. 많이 취하셨습니다."

"어휴……."

그녀가 한숨을 내쉬더니 고개를 절레절레 흔들었다.

"갈아입을 옷을 찾아보겠습니다."

선욱이 방을 나가려 하자 그녀가 불렀다.

"잠깐만요!"

선욱이 등을 돌렸다.

왠지 처량해 보이는 얼굴로 고개를 숙인 그녀의 뺨 위로 굵은 눈물이 뚝뚝 떨어졌다.

선욱은 그녀에게 심상치 않은 일이 있음을 직감했다.

"무슨 일이라도 있습니까?"

"흑흑흑……."

"말씀해 보십시오."

"사, 사실 제가 왜 선욱 씨 집을 찾아왔는지는 모르겠어요."

"음……."

"어쨌든……. 죄송하게 되었어요."

"괜찮습니다. 그보다 무슨 일입니까?"

"아니에요……. 전 그냥……. 흑흑!"

"말씀해 보십시오. 지선 씨 같은 분이 술을 그렇게 드시고 그런 행동을 한 것은 분명히 이유가 있을 것 같습니다."

"휴우!"

박지선이 땅이 꺼져라 한숨을 내쉬었다.

하지만 그녀의 입은 쉽사리 떨어지지 않았다.

선욱은 아무 말도 하지 않고 그녀가 먼저 입을 열기만

을 기다렸다.

박지선은 눈물 젖은 눈으로 선욱을 쳐다보았다.

선욱의 차분한 표정, 그리고 침착한 모습에 그녀는 어느 정도 안정을 되찾았다.

"선욱 씨는…… 왜 제게 그렇게 대하셨어요?"

"네? 그게 무슨 말씀입니까?"

"솔직히 대한민국 남자라면 누구라도 저와 말 한 번 나눠 보려고 기를 써요. 그런데 선욱 씨는 달랐어요. 제가 주위에 있어도 쳐다보지도 않으셨어요."

선욱은 내심 어이가 없었다.

마음 같아서는 한 마디 쏘아 주고 싶었지만, 눈물로 범벅이 되어 있는 그녀의 얼굴을 보니 차마 그럴 수는 없었다.

"그래서…… 전 선욱 씨에게 화가 많이 나 있었어요. 어디 한번 두고 보자. 내 앞에 무릎을 꿇리고 말겠다. 이렇게 생각했어요."

선욱이 그녀에게 뭐라 말하려고 입술을 달싹였지만 끝내 아무 말도 하지 않았다. 지금은 조용히 그녀의 말을 들어 주는 게 옳을 듯했다.

"아마 선욱 씨에 대한 그런 원망 때문에 술을 먹고 찾아와 땡강을 부렸나 봐요."

선욱은 내심 '허허!' 하고 웃었다.

"이유가 그게 전부입니까? 그 정도의 이유로 어젯밤의 일을 모두 설명할 수 있을 것 같지는 않습니다."

"다른 이유요……? 물론 있죠. 하지만 그건……. 휴. 선욱 씨에게 그 이야길 해서 무엇 하겠어요? 죄송해요. 그냥 갈게요."

그녀가 몸을 일으켰다.

이불이 흘러내리며 그녀의 팔이 드러났다.

선욱의 눈이 커졌다. 그녀의 팔에 들어 있는 시퍼런 멍 때문이다.

"잠깐! 그게 도대체……."

박지선은 멍든 자신의 팔을 선욱이 보고 있다는 사실을 깨닫고 급히 이불로 가렸다.

"어떻게 된 겁니까? 왜 지선 씨 팔에 그런 멍이 있습니까?"

"아무것도 아니에요. 그냥 넘어져서……."

"넘어져서 든 멍이 아닙니다. 손자국까지 모두 남아 있더군요. 도대체 누가 그런 겁니까?"

"아, 아니에요."

박지선이 크게 당황하는 표정을 지었다.

"솔직히 말씀하십시오. 여자나 때리는 쓰레기 같은 인간에게 당한 겁니까?"

"……."

박지선이 고개를 숙였다.

뭐라고 말을 해야 할지 알 수 없었다.

홧김에 술을 마신 것도 모자라, 엉뚱한 사람에게 찾아와 화풀이까지 했다는 사실을 스스로도 도저히 믿을 수 없었다.

'내가 왜 이 사람을 찾아왔을까. 아무리 자포자기의 심정에 술을 마셨다고 해도.'

박지선이 어금니를 지그시 깨물더니 몸을 일으켰다.

"죄송해요. 일어날게요."

"말씀하시기 전까지는 가지 못합니다."

"네? 이건 제 일이에요. 선욱 씨가 상관할 바가 아닙니다."

선욱이 굳은 표정으로 방을 나가려는 박지선의 앞을 가로막았다.

전생의 지욘프리드가 꽉 막힌 사람이기는 했지만, 기사도의 정신을 잊은 적은 한 번도 없었다. 그가 특히 싫어했던 사람은 약자를 힘으로 억압하는 사람이었다.

특히 노약자나 아이들을 상대로 무력을 휘두른 자는 용서한 적이 없었다.

지욘프리드가 현대에서 새로운 삶을 살게 되었지만, 기사도의 정신은 전혀 퇴색하지 않았다. 그래서 남의 일임에도 불구하고 집요하게 묻고 있는 것이다.

"도대체 제 일에 왜 이렇게 관심을 가지시는 거죠?"

"힘으로 약자를 괴롭히는 인간은 제가 용서할 수 없기 때문입니다."

박지선이 잠시 멍한 표정으로 선욱을 쳐다보았다. 선욱이 자신을 가로막은 이유가 순수한 정의감에서 비롯되었다는 사실을 깨달았던 것이다.

'요즘 세상에도 이런 사람이 있단 말인가?'

직접 보고 겪지 않았다면 이런 사람이 있다는 사실을 믿기 어려울 것이다.

그녀가 진지한 표정으로 입을 열었다.

"선욱 씨, 그만두세요. 이건 제 일입니다. 어젯밤에 소란을 피워 죄송하기는 하지만 더 이상 선욱 씨에게 폐를 끼치고 싶지 않습니다. 그만 일어나겠습니다."

"제가 도와 드리겠습니다."

"네?"

"도와 드리겠다고 했습니다."

"소용없어요. 괜히 선욱 씨만 잘못될 수 있어요. 그만두세요."

선욱이 굳은 표정으로 그녀를 똑바로 쳐다보았다.

"저를 믿고 말씀하십시오. 저는 지선 씨를 도와 드릴 수 있습니다."

박지선이 선욱의 눈빛을 보았다.

강한 신념이 묻어 있다.

이 사람이라면…….

이 남자라면…….

박지선의 마음에 신념 어린 선욱의 모습이 깊숙이 와 닿았다.

결국 박지선이 입을 열었다.

"혹시 협찬이라고…… 들어 보셨어요?"

선욱의 눈빛이 강해졌다.

자신도 영화계에 다리 하나 정도는 담근 사람이다. 그 동안 영화 촬영을 하면서 연예계의 생리에 대해 들은 게 꽤 있다.

"들어 보았습니다."

"제게도 협찬을 해 주겠다는 사람이 있어요."

"좋은 의미에서의 협찬은 아닌 모양이군요."

"아주 나쁜 의미의 협찬이죠."

"어떤 자들입니까?"

"하아! 그들은…….

"두려워 말고 말씀하십시오."

"정계의 유명한 인사예요. 이름만 대면 누구라도 고개를 끄덕이는 사람이죠."

"정계의 인물이 지선 씨에게 협찬을 강요했단 말입니까?"

"엄밀히 말하면 강요한 건 그가 아니에요."

"그렇다면……?"

"강요하고 있는 건 제가 속한 기획사의 사람이죠."

"박지선 씨가 속한 기획사는 꽤 크고 유명한 곳이 아닙니까? 어떻게 그런 기획사가 그처럼 더러운 협찬을 강요한단 말입니까?"

"그럴 만한 사정이 있어요."

"어떤 사정입니까?"

"기획사의 사장이 정계 입문을 꿈꾸고 있어요. 다음 국회의원 선거 때 공천을 받고 싶어 해요."

"그렇다면 그 기획사 사장이 박지선 씨를 제물로 공천을 받으려 하는 거군요."

"맞아요."

"쓰레기 같은 인간……."

"지금까지는 이런저런 핑계를 대며 거절해 왔는데, 이제 그것도 한계에 다다랐어요. 어제 사장과 대판 싸웠고, 그 때문에 속이 상해서 술을 마구 마셨어요."

선욱이 박지선을 쳐다보며 내심 고개를 절레절레 흔들었다.

대한민국 최고의 스타인 박지선에게 이런 험한 사연이 있을 줄 누가 짐작이나 했겠는가.

선욱은 박지선이라는 여자가 마음에 들지 않았다. 항상

도도한 표정을 짓고 여왕이라도 된 듯 군림하려는 그녀의 모습은 전형적인 속물이나 다름이 없다.

하지만 아무리 그런 여자라고 해도 협찬을 강요받아서는 안 된다. 배우 박지선을 떠나 한 인간으로서 그건 부당한 처사였다.

선욱이 분노하는 것도 그 때문이다.

"제가 그를 만나 보겠습니다."

"안 돼요."

그녀가 강하게 반대했다.

"차라리 경찰에 신고하겠어요. 연예계를 떠나는 한이 있어도 말이에요. 저 때문에 누군가 다치는 건 원하지 않아요."

"아무도 저를 다치게 하지는 못할 겁니다."

"선욱 씨가 대단한 스턴트맨이고, 또 무술 실력이 뛰어나다는 소문은 들었어요. 하지만 그의 뒤에는 위험한 사람들이 있어요. 함부로 건드리면 큰일 나요."

"조폭 따위라면……."

"조폭이 아니에요."

"그럼……?"

"그들이 누군지는 저도 알지 못해요. 하지만 그들 중 한 사람이 조폭들 열 명을 한꺼번에 제압하는 것도 보았어요. 그들은 정말 무서운 사람들이에요."

"혼자서 조폭 열 명을 제압했단 말입니까?"

"네. 우리 기획사 소속의 연예인들을 빼 가려고 조폭을 등에 업은 신생 기획사가 나타난 적이 있었어요. 그리고 그 신생 기획사에서 저를 납치한 적이 있었어요."

"지선 씨가 납치까지 당했단 말입니까?"

"세상에는 알려지지 않은 일이에요. 저는 열 명이나 되는 조폭들에게 둘러싸여 감시당하고 있었죠. 그때, 기획사 사장님과 그들이 나타났어요. 그리고 그들 중 단 한 사람이 나서서 조폭들을 모두 때려눕히고 저를 구했어요."

"음!"

선욱이 나지막한 신음성을 흘렸다.

평범한 사람이 아무리 무술을 갈고닦아도 열 명이나 되는 조폭들과 싸워서 그들을 모두 제압한다는 건 불가능하다. 그건 영화에서나 있는 일이다.

그렇다면 결론은 하나다.

박지선이 말한 '그들'은 마나를 익힌 자들이 분명했다.

'선무도관의 조씨 일가 같은 사람들이 또 있지 말라는 법은 없지. 아마도 조 영감이 말한 비가와 관련이 있을지도 모르겠군.'

선욱이 몸을 일으켰다.

"먼저 씻으시고 식사부터 하십시오. 제가 집에 모셔다 드리겠습니다."

"그러실 필요까지는……."

"그렇게 하십시오. 괜찮습니다."

"알겠습니다. 고맙습니다."

선욱은 방을 나가려다가 걸음을 멈추었다.

"한 가지만 더 묻죠. 제가 사는 집은 어떻게 알고 찾아
오셨습니까?"

"그건……."

그녀가 안색을 붉게 물들였다.

"그냥 사람들에게 물어보았었어요. 정유성 씨 집에 함
께 산다고……."

"휴!"

선욱이 한숨을 내쉬며 방을 나갔다.

곧이어 방에 붙어 있는 욕실에서 물소리가 들렸다.

선욱은 소파에 가서 몸을 묻었다.

그는 박지선 씨의 일을 어떻게 처리해야 할지 고민했
다. 아무리 자신과 상관이 없는 일이라 해도 그냥 넘길 수
는 없었다. 그건 양심이 허락지 않는다.

더구나 막내 동생인 선영이 진출하고자 하는 곳이 바로
연예계다. 선영을 위해서라도 그런 자들은 연예계에서 퇴
출시켜야 마땅하다.

선욱이 이런저런 생각을 하는 가운데 아침 해가 떠올랐
고, 식구들이 깼다.

"선욱아, 잘 잤니?"

"예, 어머니. 어젯밤에 오신 그 손님 식사도 준비해 주십시오."

어머니가 선욱에게 재빨리 다가오더니 물었다.

"도대체 누구냐? 네가 울린 여자야?"

"어머니! 울리긴 누가 누굴 울렸다는 겁니까?"

"척하면 착이지. 선욱아, 착한 여자 울리면 천벌받는다."

"걱정 마십시오. 그런 관계 아닙니다."

"그런데 왜 밤에 술 마시고 남자 집에 쳐들어와?"

"그럴 일이 좀 있었습니다."

"그러니까 그럴 일이 뭐냐고?"

"어머니, 그냥 모른 척해 주시면 안 되겠습니까?"

"우리 집안의 장남 일인데 어떻게 모른 척해? 장래 며느리가 될지도 모르는데."

"어머니, 그럴 일 없습니다."

"너 혹시 책임져야 할 일 저지른 건……."

선욱이 두 손으로 귀를 막았다.

"어머니, 제발……."

"쩝! 알았다. 하지만 조심해야 한다. 요즘 젊은 것들 하도 어지럽게 놀아서……."

"걱정 마시라니까요!"

어머니는 입맛을 다시더니 부엌으로 갔다.

그때, 아버지가 헛기침을 하며 방에서 나왔다.

"험험! 선욱아, 잘 잤니?"

"예, 아버지."

선욱은 아버지도 어머니와 같은 걸 물어올까 걱정했는데, 다행히 아버지는 아무 말 없이 신문을 들고 욕실로 들어갔다.

선욱이 안도의 한숨을 내쉬려는데, 선민과 선영이 방에서 튀어나오더니 선욱에게 달려왔다.

"형!"

"오빠!"

선욱이 고개를 절레절레 흔들더니 자신의 방으로 들어가면서 말했다.

"들어오면 죽어!"

선민과 선영은 꽉 닫힌 선욱의 방문을 쳐다보며 아쉬움의 입맛을 다셨다.

"어제 그 여자 누굴까? 자세히 보진 못했지만 엄청 예쁜 것 같던데."

"혹시 오빠에게 차인 여잘까? 그래서 술 마시고 행패 부리러 우리 집에 찾아온 게 아닐까?"

"음. 같은 여자 입장에서 말해 봐. 어떤 이유가 있어야 어젯밤의 그런 행동을 할까?"

"글쎄. 그렇게 예쁜 언니라면 분명히 자존심도 엄청 강할 텐데, 그래도 술 마시고 남자 집에 찾아와 행패를 부릴 정도라면 분명히 큰오빠에게도 잘못이 있는 거야."

"그래. 그 잘못이 뭐냐니까?"

"혹시…… 임신?"

"크흑! 이, 이 시대 마지막 로맨티스트였던 우리 형이 그런 짓을 저지르다니……."

두 사람은 주거니 받거니 하면서 소설을 써 내려가기 시작했다.

딸그닥. 딸그닥.

수저 놀리는 소리만 들릴 뿐, 6명이나 되는 사람들이 둘러앉은 식탁은 조용하기만 했다.

아버지는 아무 말 없이 식사에만 열중했고, 어머니는 눈동자를 돌리며 맞은편에 앉아서 고개를 푹 숙인 채 음식을 깨작거리고 있는 박지선과 선욱을 힐끗거렸다.

선민과 선영 또한 어머니와 같은 모습이다.

선욱은 바늘방석에 앉은 기분이었다.

그때, 선영이 고개를 살짝 갸웃거리더니 처음으로 입을 열었다.

"혹시…… 영화배우 박지선 씨 아니신가요?"

선영의 말에 그나마 들려오던 수저 소리도 멈추었다.

가족들 모두의 시선이 일제히 박지선을 향했다.

박지선이 고개를 더욱 깊이 숙이며 한숨을 내쉬었다.

선욱이 급 당황했다.

"아, 아니다."

"아니긴. 분명히 맞는데. 그렇죠? 박지선 씨 맞죠?"

선영이 계속해서 물었다.

그러자 선민도 동조하고 나섰다.

"그래. 맞아. 내 방에 박지선 씨 브로마이드도 걸려 있는데, 왜 못 알아봤을까? 박지선 씨 맞죠?"

이번에는 어머니도 나선다.

"세상에. 박지선 씨 맞네?"

선욱이 당황한 표정으로 뭐라 말하려는 순간, 박지선이 고개를 들었다.

"죄송합니다. 늦은 밤에 찾아와 소란을 일으킨 것도 죄송한데 신분도 밝히지 않았네요. 네, 저 박지선입니다. 안녕들 하세요?"

"어머! 박지선 씨가 우리 집엘 다 찾아오시다니……. 정말 반가워요."

"우와! 박지선 씨. 아니, 누나라고 불러도 되죠? 저 누나 팬이에요."

"저도 그래요, 언니. 가만! 이러고 있을 때가 아니지."

선민과 선영이 밥을 먹다 말고 방으로 뛰어 들어가더니

곧이어 노트와 필기구를 가져왔다.

"여기 사인 좀 해 주세요."

"언니, 저도요."

박지선이 미소를 지으며 기꺼이 사인을 해 주었다.

"저…… 인증샷 한 커트만 찍으면 안 될까요? 친구들에게 자랑하고 싶은데……."

"저도요, 언니."

두 동생들이 다짜고짜 휴대폰을 꺼내서 들이민다.

박지선이 크게 당황해했다.

"그, 그건 좀……."

선욱이 나지막한 목소리로 그때 나섰다.

"핸드폰 치워라!"

선욱의 목소리에 두 동생들이 찔끔하는 표정을 짓더니 슬그머니 핸드폰을 주머니에 집어넣었다.

"조용히 밥 먹어. 떠들지 말고."

선민과 선영이 다시 숟가락을 들었다.

"아버지, 어머니. 지선 씨에게 말 못 할 사정이 있습니다. 그러니 어제와 오늘의 일에 대해서는 아무에게도 말하지 않았으면 좋겠습니다."

"알겠다. 그렇게 하마."

"알았다, 선욱아."

선욱이 두 동생들에게 시선을 돌렸다.

"너희들 어디 가서 입만 벙긋하면 내 손에 맞아 죽을 줄 알아!"

"아, 알았어. 형."

"알았어, 큰오빠."

선욱이 다시 박지선에게 말했다.

"아무 걱정 마시고 식사, 마저 하십시오."

"네…… 선욱 씨."

박지선은 선욱의 카리스마에 조용히 밥을 먹었다.

식탁에서는 다시 수저 놀리는 소리만 들려오기 시작했다.

마침내 식사가 끝났고, 선욱이 선영에게 말했다.

"선영아, 지선 씨 입을 만한 옷 한 벌만 내놓고 가라."

"응, 오빠."

선영이 청바지와 면티, 그리고 점퍼를 방에서 가져왔다.

"잘 어울릴지 모르겠어요. 하지만 체격은 저와 비슷하니 맞긴 맞으실 거예요."

박지선이 선영에게 고맙다고 인사를 했다.

아버지와 두 동생들이 먼저 집을 나섰다. 출근과 등교를 위해서다.

"지선 씨는 어서 옷 갈아입으십시오. 제가 모셔다 드리죠."

"네."

박지선이 선영의 옷을 들고 방으로 들어갔다.

어머니가 선욱에게 물었다.

"너, 박지선 씨도 알아? 어떻게 된 거야? 박지선 씨는 우리나라 최고의 배우 아니니?"

"죄송합니다. 사정은 다음에 말씀드리겠습니다. 이런 사실 세상에 알려지면 박지선 씨 연예계 생활에 지장이 있잖아요."

"그래. 알겠다. 나도 그쯤은 안다."

잠시 후, 박지선이 선영의 옷을 입고 나왔다.

수수한 차림이었지만, 워낙 예쁜 얼굴이라 뭘 입든 눈에 확 띈다.

"그럼 가시죠."

박지선은 자신이 어제 입었던 옷을 종이백에 넣고는 어머니에게 머리를 꾸벅 숙였다.

"어머님께 정말 죄송합니다."

"아니에요. 다음에는 일찍 놀러 오세요. 저 정말 지선 씨 팬이에요."

"고맙습니다."

어머니가 박지선의 손을 꼭 잡아 주었다.

그러자 박지선의 눈가가 빨갛게 변했다.

"그럼 안녕히 계세요."

박지선은 서둘러 집을 나왔다.

선욱도 어머니에게 인사를 한 후, 집을 나섰다.

박지선은 선글라스를 끼고 얼굴을 푹 숙였다. 그러고는 엘리베이터를 타고 주차장으로 내려가 선욱의 람보르기니에 올랐다.

보통 사람들이라면 선욱의 차를 보고 놀라거나 감탄을 했을 테지만, 박지선은 아무렇지도 않은 표정이다. 그녀에게 람보르기니는 평범한 스포츠카나 다름이 없었던 것이다.

우르릉!

람보르기니가 선욱의 아파트를 떠났다.

"어디로 모실까요?"

"실은 어제 차를 몰고 왔었는데……."

"예? 술을 그렇게 마시고 차를 몰았단 말입니까?"

"그, 그게……. 워낙 제정신이 아니어서……."

선욱이 미간을 잔뜩 찌푸렸다.

실망스럽다는 기색이 역력한 표정이다.

박지선은 고개를 푹 숙이고는 부끄러운 표정을 지었다.

쥐구멍이라도 있다면 숨고 싶은 심정이었다.

"차를 어디 두었습니까?"

"기억이 잘…… 안 나요."

"휴! 그럼 그냥 집에 모셔다 드리겠습니다. 차는 경찰에 신고를 하십시오. 그럼 찾을 수 있을 겁니다."

"아, 알겠어요. 저희 집은 압구정동이에요."

"다행히 멀지 않군요."

선욱은 곧바로 그녀가 말한 대로 차를 몰았고, 얼마 지나지 않아 한 고급 아파트에 도착했다.

선욱은 사람들 눈을 의식해 지하 주차장까지 들어간 후에 차를 멈췄다.

"다 왔습니다."

박지선은 내리지 않았다. 대신 아랫입술을 잘근 깨물었다.

"선욱 씨, 제게 실망하셨나요?"

선욱은 아무 말도 하지 않았다. 하지만 그건 '그렇다'고 대답한 것이나 마찬가지다.

"저…… 그렇게 나쁜 사람은 아니에요. 실수는 좀 저질렀지만……."

"……."

"휴! 어쨌든 고마워요. 그리고 아주 화목한 가정에서 살고 계시더군요. 정말 좋으시겠어요."

선욱은 그녀의 목소리에서 왠지 힘이 없는 것을 알았다.

"그리고 제 일은 더 이상 상관하지 마세요. 어차피 연예계 생활이라는 게 다 이래요."

"안녕히 가십시오."

"네……. 그럼."

그녀가 선욱에게 고개를 살짝 숙이더니 곧바로 차에서 내렸다. 그러고는 엘리베이터를 향해 걸어갔다.

선욱은 그녀가 엘리베이터를 타고 올라가는 것까지 확인한 후에 차를 출발시켰다.

주차장을 나온 선욱의 두 눈빛이 차가워졌다.

'일신의 영달을 위해 다른 사람의 삶을 희생시키려 하다니……. 용서할 수 없다.'

선욱이 주먹을 꽉 거머쥐었다.

〈『더 샤도우』 제3권에서 계속〉

더 샤도우 The
SHADOW

1판 1쇄 찍음 2011년 11월 4일
1판 1쇄 펴냄 2011년 11월 9일

지은이 | 장 웅
펴낸이 | 정 필
펴낸곳 | 도서출판 뿔미디어

기획총괄 | 이주현
편집장 | 이재권
편집책임 | 주종숙
편집 | 심재영, 문정흠, 이경순, 이진선
관리, 영업 | 김기환, 임순옥

출판등록 | 2002년 9월 11일 (제1081-1-132호)
주소 | 부천시 원미구 상3동 533-3 아트프라자 503호 (우)420-861
전화 | 032)651-6513 / 팩스 032)651-6094
E-mail | BBULMEDIA@paran.com
홈페이지 | www.bbulmedia.com

값 8,000원

ISBN 978-89-6639-383-1 04810
ISBN 978-89-6639-381-7 04810 (세트)

※파본은 구입하신 서점에서 교환하여 드립니다.